穿越死亡的底谷，饱受世态的炎凉、黑暗的动荡和人际的绝望，我依然相信，当夜的黑暗消失殆尽，黎明的曙光终会姗姗而来。

宋美龄自述

宋美龄 口述

智诚 毕强 肖木 编

九州出版社
JIUZHOUPRESS

编者前言

宋美龄（1898-2003），蒋介石的夫人及外交助手。美国第37任总统尼克松在《改变亚洲历史的人物》中说过：“蒋夫人除了担任她丈夫的议员，还具有其他意义。一般人认为：一位领袖的妻子系因夫而贵，与个人在历史上的表现无关重要。这种看法，不但忽视一位领袖妻子在幕后所担任的任务，且玷污了领袖妻子所具有的特质与性格。我相信蒋夫人的智慧、说服力和道德力量，已使她自己成为一位重要的领袖。蒋夫人是一位文明、美丽、整洁、女性化及坚强的女性。”

宋美龄出生于一个上海买办家庭，父亲是著名富商宋嘉澍。良好的家庭教育使得她幼年时便精通英文，学习琴、棋、书、画。她成长的最关键的十年，是在美国度过的。美式教育和根植于出身的中国传统模式，塑造了宋美龄独特的性格。宋美龄与大姐宋霭龄、二姐宋庆龄并称为宋氏三姐妹，凭借孔、宋家族的强力支援与美国留学背景，她活跃于政治、外交等领域，对近代中国历史与中美关系产生了深远的影响。

语为人镜，言为心声。一部作品不仅能反映作者的性情，更是对其人品的投射。本书是宋美龄发表于不同时期的演讲、回忆性文章、书信，及历史上一些著名人物对宋美龄的评价汇编而成，从多方面、多角度反映出宋美龄的性格特征和外交风采。另外增加了许多国内外报道、历史史料中的照片，增添了阅读趣味，为读者更好地了解宋美龄和二十世纪初民国史，提供了窗口。当然，作为蒋介石的夫人，她的立场与观点，自然有其局限性。特别是对西安事变这一重大历史事件的讲述中，有着粉饰太平及为蒋开脱的言辞，并未提及共产党人在其中所做的种种努力和贡献。这一点，请读者自辨。

本书为便于广大读者阅读，对个别篇目略加删减，同时依据现代汉语规则，对部分语句和标点做了规范化处理。恳请读者见谅。

编者

2017年4月

宋美龄

自述

Contents

目录

结婚前的宋美龄

宋美龄

自述

Mayling Soong Chiang

宋美龄大学毕业回国后，宋氏三姐妹的合影

第一章
“神的女儿”

我从未以别的方式体验过这种接触，它使我看见了他们的真正价值，说到底，他们和他们的一类人一直都是所有民族的栋梁。

宋美龄，祖籍海南文昌，1897年3月5日出生于上海，排行第四，是家中最小的女儿。她的母亲倪桂珍是明末大学士徐光启的后裔，她的父亲宋嘉澍（又名耀如）在19世纪末中国的风云际会中，从一位虔诚的传教士一跃而为一名成功的实业家。

●宋家在海南文昌的祖居

宋家在上海的老宅

1908年，十岁多一点儿的宋美龄与姐姐宋庆龄一同赴美国留学，先后在新泽西州的萨米特镇以及佐治亚州梅肯市的皮德蒙特学校、维斯理学院就读。1913年，她进入马萨诸塞州威尔斯利学院。十年的留美生涯对宋美龄的一生有着决定性影响。

宋氏三姐妹在美国维斯理学院的入学登记资料

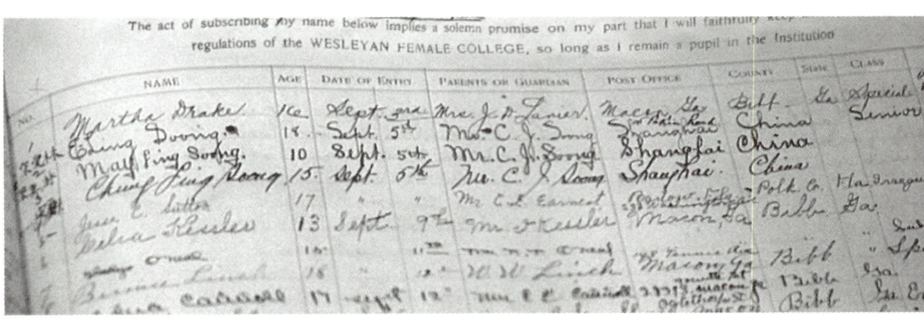

1917年7月，宋氏三姐妹、三兄弟与父亲宋嘉澍、母亲倪桂珍在上海家中合影

青年时代的宋美龄

少女时代的宋美龄是个圆乎乎的小姑娘

宋氏三姐妹与两兄弟合影

年轻的宋氏三姐妹

宋氏三姐妹与母亲倪桂珍。宋美龄（左）

1943年7月，宋美龄送给二姐宋庆龄的题签照片，英文翻译为“给姐姐罗莎蒙德 爱你的梅”。这是宋美龄一生中最喜欢的照片

我再没回过皮德蒙特，但是，我在那种环境中度过的岁月，给我留下了美好的回忆。

在皮德蒙特的难忘岁月

我和姐姐们在德莫雷斯特度过了暑假，我大姐（宋霭龄）返回中国，二姐（宋庆龄）返回佐治亚州梅肯市维斯理学院时，我才十一岁，太小还不能上大学。由于我喜欢这儿的村庄，而且在那里的小女孩中找到许多玩耍的伙伴，我姐姐决定把我留给莫斯夫人托管，她是我大姐一个校友的母亲。

我在皮德蒙特学校上了八年级，我留在这里的九个月，日子过得很快活，使我感到有兴趣的是，同我一起上八年级的许多同学都是成年男女，他们来自远方的山区，许多人已在小学里从教多年才获得上皮德蒙特的必要学费，他们对我都极感兴趣，而我却开始了解他们的生活。他们为谋生和求得起码的教育，不得不为之奋斗。同这些生来就没有铁饭碗的人们接触，使我这个女孩子深受感化，我从未以别的方式体验过这种接触，它使我看见了他们的真正价值，说到底，他们和他们的一类人一直都是所有民

1917年，宋美龄在美国维斯理学院学习时与同学们的合影

族的栋梁。

我记得，奥利夫·范·海斯小姐教我哲学和自然科学。一天她宣布我的哲学平均分数为98分，由于我这学期获得了高分，便成了唯一免受期末考试的学生。这时，我感到了一生从未有过的自豪。

另一个老师是亨里埃塔·阿迪顿小姐，她现在在纽约的警察部门里做事，最近我收到她的一封信。当时，她教我算术，我应当承认，当我遇到百分比换算的时候，我就无法施展我的任何才能，而且仅能得C等成绩。

在皮德蒙特时，我开始进入句子语法分析的迷宫，因为我在美国仅待了两年，我的英语知识还很肤浅。我在措辞用句方面犯了许多可笑的小错误，这使我的语法老师感到迷惑不解。为帮我纠正，她教我试着对它们进行语法分析，她的努力肯定是卓有成效的，瞧，现在我英语写得多好。我可以肯定地说，这几学期为

宋美龄（左一）与维斯理学院的同学们

纠正不连贯的短语和分裂的不定式所进行的刻苦练习，使我在英语语法和修饰方面有了排难解疑的能力，那时的苦练也许与以后我在此种能力上的训练效果相同。

村民们总是好奇地看待我，但是不管他们好奇不好奇，我总是去老亨特的杂货铺买五美分一块的口香糖，每当这时，我都像其他伙伴一样感到极度的快活。我记得，我们三四个小女孩常这样想，要是谁拿出一枚五美分镍币，请其他伙伴一起去吃乳酪饼和“全日”棒棒糖，真是高兴极了。这些糖果摆在亨特先生的玻璃橱窗里，很招惹人。当时，我们不懂得苍蝇和细菌的危害，对它们也不在乎。在我们眼里，橱窗里的满是斑点的粘蝇纸也和那些诱人的货物一样，享有同样的声誉。不管怎样，我还是有幸活着讲起这段往事。

圣诞节的前几天，弗洛伦斯·海蒂·亨德森、弗洛斯·阿迪顿和我，决定发扬圣诞节的真正精神，为他人谋求幸福。想到这一点，有生以来从未有过的一种仁爱的正义感令我激动不已。我们真心实意地要行善，每人拿出二十五美分，用这不足一美元的钱买土豆、牛奶、汉堡牛排、苹果和橘子，施舍给铁路沿线的贫困家庭。我们力图表现得谦虚，对自己的高尚行为保密，但是，我们太激动了，不承想亨特先生在他的杂货铺里听到了我们的谈话和为买哪些食品合适的争执。由于生理学是我喜欢的科目，我记得，我坚持要买大量的糖，因为碳水化合物的好处在于能使体弱的孩子保持温暖，也能给母亲大量的能量。与此同时，另一个慈善心肠的施舍者提议多用钱买土豆，她认为，土豆是最能充饥和产生热量最大的食物。亨特先生好奇而又有兴味地听着我们这场激烈的争论，他慷慨大方地把每样东西都捐献给我们一些，才使我们解决了争端，他还给我们每人一点儿东西作为自己所有，然后，这个了不起的“慈善企业家”走开了。当我们手里捧满包裹，步履艰难地走过车站的天桥时，我们感到心花怒放，就像圣女贞德正在行使一次神圣的使命。

我们到达了盼望受施舍人的家，它们实际上都是些东倒西歪的小木板房。面对沮丧憔悴的母亲以及紧紧拉着她的手、从她裙服后偷偷张望的孩子，我们惊呆了，像哑巴一样，没有一个人能说出一句话来，我们猛地放下一包包东西夺门而去，我们跑远后，才再度感到有了勇气，这时，我们中的一人才敢大声喊道：“圣诞快乐！”然后，便以更快的速度溜之大吉。

我们喜爱的娱乐活动是采摘榛子，那条满是尘土的长路，至今还浮现在我眼前。一到星期日下午，我们总是沿着这条路走到树林中去。有时我们很幸运，会碰到一个赶马车路过的好心农夫，他会让我们搭他的车，而且给我们吃他午饭吃的玉米面面包，偶尔还会撕下油炸小鸡的鸡腿给我们吃，但是，我们都是些小女孩，很不好意思接受。我常受到不少善意的戏弄。你可没听说过这些山里人是怎样用那些老掉牙的笑话来耍弄这个中国小姑娘。“坚果来自何处？”显然，我会明确地回答：“当然来自树上。”他们眉开眼笑地反问道：“油炸甜团①是从哪种树上长出来的？”这下可把我难住了。“从餐室②里。”说完，他们开怀大笑，但我依旧迷惑不解。好心的车夫让我们在树林边下了车，并总要照例再告诫一番：“你们女孩子最好天黑前就动身回家。”然后，我们总是蹦蹦跳跳地跑进

①油炸甜团doughnut的后缀nut也是坚果一词。
②餐室pantry的词尾try和树tree谐音。

树丛里，去采摘榛子或是黑莓。我们心满意足地吃着，也许吃掉的果子远比带回家的还多。

在皮德蒙特，我常进行大量的阅读。我居住的屋外有两棵树，中间有一个木板凳，那里是我最爱去的地方。我住在莫斯夫人家中，她是男生宿舍的负责人。我和她一起住在楼下的一套房间里，和我们同住的，还有她的女儿罗西娜和鲁比。罗西娜启发我学会了颤音、半颤音、和弦，以及五指练习的复杂曲目。那时，我学会了演奏诸如《小耗子田野四处跑》一类的小调，每首小曲都有一段和它相关的故事。另外还学会了《小羊倌》一类的曲子。

我记得一个动作迟缓的大女孩说，她生活的志向就是能在圣诞节时演奏赞美歌，以便使她的情人为之倾倒。我那时认为，

美国维斯理学院

在美国留学期间，宋美龄（左）与宋子文、宋庆龄合影

在美国就学时的宋美龄

这个目标是值得赞赏的，但我疑惑为这些公子哥全力以赴是否有价值。绝大多数的男生都在二十岁上下的年龄，一些是到学校寻求教育的乡村教师。莫斯夫人每个星期日晚上都邀请他们一些人来吃晚饭。男学生们能把一盘盘的热饼和黑莓酱吃得精光，这总是使我感到惊讶不已。成盘的热饼和大盘的炸火腿都像变魔术一样消失了，但是，莫斯夫人和罗西娜能极其熟练地做出这些东西来。在按比例配料方面，她们似乎天生就懂要掺进多少烤面粉和其他东西才恰到好处，她们干得是那么快。每当这时，莫斯夫人都很照顾我，她总是让我做饼干，可我从未做出过像样的饼干，看来我天生就完全没福气成为一名厨师。

在我记忆中，皮德蒙特还有我难忘的一件事。在那里我患了我一生中仅有的一次耳疼病，这正巧在我十二岁生日那天，我疼得很厉害，人们只得请来拉姆医生。当他把热油滴入我疼痛的耳朵眼里时，我感到惊恐万分，他看到我这种样子，开心地乐了起来。

我离开皮德蒙特前往北卡罗来纳州的费尔蒙特，我姐姐已决定去那里上暑期补习班。莫斯夫人把我远远地送到亚特兰大，我在那儿重逢了我姐姐。以后我再没回过皮德蒙特，但是，我在那种环境中度过的岁月，给我留下了美好的回忆。

1927年蒋介石与宋美龄的结婚照

第二章
美龄盛放

人生其实很简单，是我们把它弄得如此纷乱而复杂。

世间最可厌憎的，莫过于有意义而没有判断的人。

青年时代的宋美龄

她自有定见，绝不接受别人的判断。她是最具独立精神的人，人生可能向任何方向发展。

——一位朋友这样评价宋美龄

余今无意政治活动，惟念生平倾慕之人，厥惟女士。前在粤时，曾使人向令兄姐处示意，均未得要领，当时或因政治关系，顾余今退而为山野之人矣，举世所弃，万念灰绝，曩日之百对战疆，叱咤自喜，迄今思之，所谓功业宛如幻梦。独对女士才华容德，恋恋终不能忘，但不知此举世所弃之下野武人，女士视之，谓如何耳？

——蒋介石

这次结婚，是他人生的一段理想，这使他充分如愿以偿。漂亮的、穿着讲究的、受过美国教育的宋美龄，与蒋中正那个中层社会的现实性格，开创人生另一段旅程，殊具启示……

——海伦·福斯特·斯诺《近代中国妇女》

1924年，宋美龄与二姐宋庆龄（前）摄于广州大元帅府

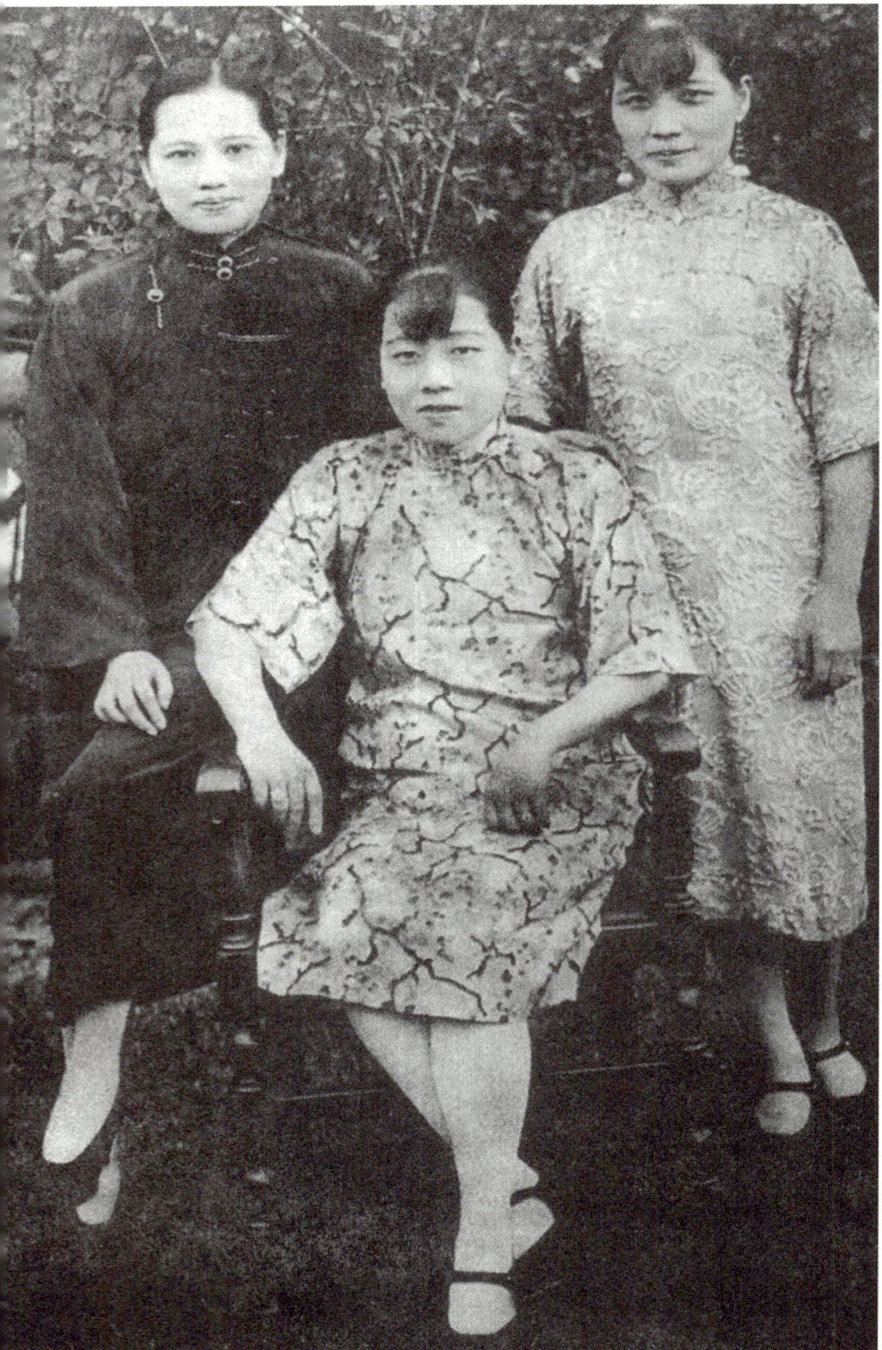

20世纪20年代宋氏三姐妹在上海

20世纪20年代宋美龄在上海

结婚前的宋美龄

1917年，学成的宋美龄回到上海，很快就成为上海上流社会社交界的活跃分子。在各种社会活动中，她的政治气质和才干也崭露头角。

对于自己的感情和婚姻，她很早就流露出这样的意愿，不愿做一个默默无闻的贤妻良母，而更想成为一个叱咤风云的人物。

她选择了蒋介石作为自己的终身伴侣。1927年12月1日，蒋介石与宋美龄正式举行了婚礼。当天下午3时，他们首先在上海西摩路宋家的宅邸里举行了基督教式的婚礼，接着，在上海大华饭店举行了中国传统式的婚礼。

宋美龄和蒋介石的结合，一直被旁人甚至自己的二姐宋庆龄诟病为“政治婚姻”。1927年10月，宋美龄接受日本大阪《每日新闻》的采访，当被记者问道：“女士婚姻何以迟迟至于今日？”她答道：“因誓觅得相爱之人故。”

婚前，宋美龄的母亲倪桂珍送了一部《圣经》给蒋介石。1930年10月23日，蒋介石偕宋美龄专程去上海，在西摩路宋家教堂里，由美国牧师江长川主持，举行了基督教的洗礼仪式，正式加入美以美会（后改称卫理公会）。

蒋氏夫妇、孔氏夫妇与母亲倪桂珍合影

●1927年12月1日，宋美龄与蒋介石在上海结婚

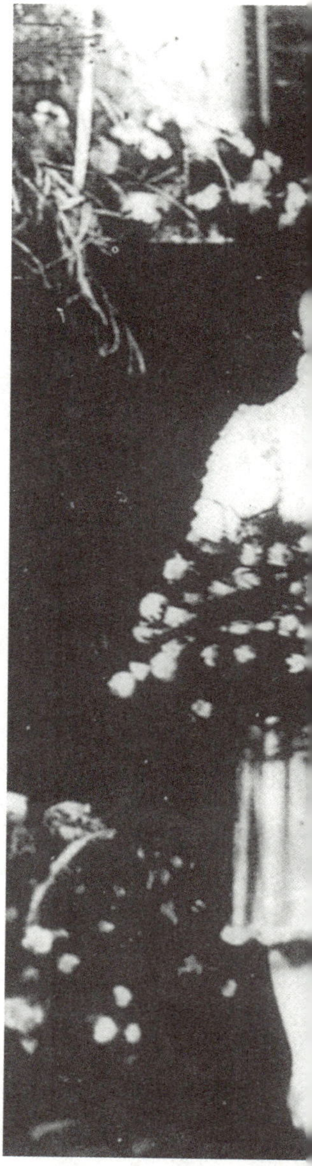

于是我方始明了，我只要就丈夫的需要，尽力帮助他，就是为国家尽了最大的责任。我就把我所知道的精神园地，引导丈夫进去。同时我因生活纷乱，陷于悲愁的深渊，也想找一自拔的途径，于是不知不觉地重又回到了母亲所信仰的上帝那里。

我的所以惶惑，因为智慧有限。我们苟怀疑自己的决断，那么必须寻觅向导，得到向导之后，我们就可前进了，上帝决不会把我们引入歧途的。

——宋美龄

蒋宋婚礼童男童女合影及请柬照片

宋氏三姐妹与其兄子良、子安

结婚后的蒋宋夫妇

与蒋介石结婚后在南京汤山公馆留影

我不是宗教家，我只是信任上帝的引导

1934年3月发表于美国《论坛》杂志

按天性，我不是宗教家，至少不是一般人所谓的宗教家。我的个性不喜欢玄虚，而爱好实际，我很重视世间事物，有时或许重视得有些过度了。

所谓世间事物，并非仅指物质方面而言。我爱好一个美丽的瓷瓶，比较高价的珍宝为甚。就我和我丈夫旅行的经验说，经过一个拥挤污浊的内地城市，我心中烦扰不安之至，而飞机在云雾迷漫中，冒险前进的时候倒不觉得什么。个人的安全，我是从不放在心上的。但我时时关怀着我所创办的国民革命军遗族学校，如何把学生们训练成良好的公民，使他们将来对社会、对国家都有宝贵的贡献；而如何改良同胞的生活，也是我所最关切的问题。

而且我多少带些怀疑心的。我常常想，所谓忠诚、信仰、不朽等等，不免有些近乎理想的。世上所看得见的东西，我才相

信，否则我就不相信。别人承认的事情，我未必因而也加以承认。换句话说：适合我父亲的宗教，不一定能打动我。那只适口舌，宛如糖衣药丸的宗教，我并不信仰的。

我知道我母亲的生活，与上帝非常接近。我认识我母亲的伟大。我在幼年时，对于母亲强迫我的宗教训练，多少有些不肯受命，但我相信这种训练，给我的影响很大。那时的家庭祈祷，往往使我厌倦，我就借着口渴为推托，偷偷地溜到外面去，这常常使母亲烦恼。那时我也像我的兄弟姐妹一样，必须常常上教堂去，而冗长的说教，使我觉得非常憎厌，可是今天想起来，这种常上教堂的习惯，养成了我做事的恒心，这真是深可感谢的训练。

母亲的个性，处处表示出她的严厉刚强，而绝对不是优柔善感的。母亲那时虔诚的祈祷，是我幼年生活中最深刻的印象，她常常自闭于三楼的一间屋子里，举行祈祷，祈祷的时间很长，有时天没有亮就开始了。我们有什么难题要求解决，母亲一定对我们道：“让我去叩问上帝。”我们不能催促她立刻回答，因为叩询上帝，不是五分钟可得到效果的事情，一定要耐心等待上帝的启示。但奇怪的是，凡母亲祈祷上帝以求决定的任何事情，结果

宋美龄与爱犬在家中

蒋介石夫妇与孔祥熙

都是良好的。

所以母亲谢世之后，我常常自己想，我的精神生活将渐渐成长了。说得更直接一些，我觉得上帝之所以召我母亲，是为了要使她的儿女得以自立。当我母亲在世的时候，我常常以为我所应做或不应做的事情，母亲会替我祷告上帝，叩询上帝的。她虽坚持着我们必须自己祈祷，她不能做我们的中间人，然而我确信她有无数长时间的祷告，是专替我们举行的，或许因为有这样一个母亲在我心中和宗教发生了联系，就使我怎样也没有法子把它舍弃了。

在我结束这个祈祷问题以前，我想告诉你们从母亲那里得到的一次教训。那时她已卧病在床，距离她去世的日子没有多久了。那时日本开始掠夺我国的东三省。这件事的详细情形，我们对母亲是保守着秘密的，有一天我恰好同她谈到日本威迫我们的急切，当时我奋激不能自制，突然高声喊了出来："母亲，你的祈祷很有力量，为什么不祈求上帝，用地震或类此的灾祸惩罚日本呢？"她把脸转了过去好一会儿，接着用严肃的目光，看着我："当你祈祷，或求我替你祈祷的时候，切不要拿这种要求侮辱上帝，我们凡人尚且不应当有此存心，何况祈求上帝呢？"

我所受的影响很深，我知道日本国民因政府对华行动的谬妄而受到苦痛的很多，所以现在也能替日本国民祈祷了。

过去七年之中，不如意事十常八九，我因此感到悲观。国家则内忧外患，交迫而来，最富饶的东北三省给敌人夺了去，人民则饱受水旱灾荒，原应团结一致的军政领袖，却又常常发生纠纷。在私人方面呢，神圣的慈亲又去世长逝，这种种痛心的遭际，使我看到了我生的缺憾以及人事的艰难。我们为国家努力，宛如杯水车薪，无济大事，我觉得人生在历史的洪流中渺小得不啻沧海一粟。有时我自己对自己道："国家果真强盛、果真统一了，我们又怎样呢？天下事真没有一个止境的吗？盛极必衰，一个国家到了繁荣的极端，一定就要下降！"（这些话我从来没有对丈夫说过。）

回忆我若干年来的结婚生活，我与宗教发生关系，可分三个阶段：

第一个阶段，我极度的热心与爱国，也就是渴欲替国家做些事情。我的机会很好，我与丈夫合作，就不难对国家有所贡献了。我虽有这样的抱负，但只赖自我，我实在还缺少一种精神上的定力。

接着是第二阶段。我在上面已说过的种种忧患，使我失望悲观，颓丧消极了起来。到慈亲去世，真觉得眼前一团漆黑。北方有强敌的铁蹄，南方有政治的裂痕，西北旱荒，长江水灾，而最亲爱的母亲，又给上帝呼召了去。除了空虚，我还有些什么呢?

我母亲的宗教精神，给了蒋委员长很大的影响，我于是想到，我在精神方面，不能鼓励我的丈夫，实在觉得万分遗憾。委员长的太夫人是热心的佛教徒，他的信仰基督教完全由于我母的劝导。为了要使我们的婚约得她许可，委员长允许研究基督教义，并且诵习《圣经》。后来我发现他谨守前约，我母亲去世后，也丝毫不变初衷，但教义中，他起初很有一些不能了解的地方，读时很觉沉闷。他每天诵习《旧约》，苦思冥索，自多困难，所以我在日常谈话中，实有把难解之处委婉示意的必要。

于是我方始明了，我只要就丈夫的需要，尽力帮助他，就是为国家尽了最大的责任。我就把我所知道的精神园地，引导丈夫进去。同时我因生活纷乱，陷于悲愁的深渊，也想找一自拔的途径，于是不知不觉地重又回到了母亲所信仰的上帝那里。我知道宇宙间有一种力量，它的伟大，决不是人们所可企及的，那就是上帝的力量，母亲鼓励委员长精神生活的任务，既由我担负了起来，我也日渐和上帝接近了。

由此而入第三阶段。我所愿做的一切，都出于上帝的意思，而不是自己的。人生实很简单，是我们把它弄得如此纷乱而复杂。中国旧式绘画，每幅只有一个主要题材，譬如花卉画轴，其中只有一朵花是主体，其余不过衬托辅助而已。复杂的人生也是如此。那么人生的那朵花是什么呢？就我现在所觉悟的，那是上帝的意志。但需要绝对的虔诚与忠信，方有明白上帝意志的可能。

如今政治生活中充满着虚伪、策略和外交手腕，可是我深信这些并不是政治家的最有力武器，他们最有力的武器，只有忠诚和正直。从前沙罗门[①]祈求上帝的时候，他并不要上帝赐给他财富、名誉和权力，他所要的是智慧——是救国的智慧，这正足以看出沙罗门的伟大。人们必须有决心，有智慧，再加上努力，那么什么事都能完成，只要好或只是好是不相干的。我从前这样那样的，祈求上帝的事情很多，现在只求知道上帝的意志而已。上帝往往在我的祈祷中赐以启示。祈祷不是“自我催眠”，它的意义比“参禅”也大得多。佛教的僧侣，每做日常的静坐深思，然而参禅所得的力量，仍旧限于自己的力量，祈祷时就有比自己更大的力量来帮助我们。我们耐心静待上帝的指引，而上帝的指引，永远不会错误的。

从前在三国时候，曹操有一天领兵远行，士兵们走得非常倦怠，而且口渴得很，曹操对他们道：“我从马上望过去，看见前面有座茂林，结着累累的梅子！”于是士兵们的嘴里，都充满了唾涎，立刻增加了新的力量，新的勇气。可是这能持久吗？梅林到底没有看见，士卒的困倦饥渴，也就较前更厉害了。这在我看来，与参禅没有什么两样。只能使精神一时兴奋，在没有别的法子的时候，或许也有些帮助。可是我不这样做，我遇到精神上饥渴的时候，决不望梅自足，一定要探索生命的源泉。

①所罗门。

《圣经》有两句话，给我的印象比什么都深刻。一句是："愿主的意志实行。"还有一句是："汝须尽心尽力尽意爱主——汝之上帝。"我们必须心意并用。存心虽好，而意无主宰的人，仍会堕入地狱。

世间最可厌憎的，莫过于有意义而没有判断的人。祈祷是向导人生的明灯。上帝能启发我们，指导我们。我所以惶惑，因为智慧有限。我们苟怀疑自己的决断，那么必须寻觅向导，得到向导之后，我们就可前进了，上帝决不会把我们引入歧途的。

上帝的智慧是无限度的，和我们有限度的比较起来，我可以用一个譬喻来说明：我们在山中旅行，只见前面峰峦重叠，一山复一山，莫知其始，莫知其终，但倘有高升天空的机会，那么一切都清清楚楚，可以看明真相了。这或许就是上帝的智慧与我们的智慧的分别。当我向上帝祈祷的时候，他就把我高高的提升到空中，那里就一切厘然，尽在眼底了。

这个譬喻，我不相信没有祈祷经验的人们能够了解。对一向没有得到上帝指引经验的人做这种解释，有如使耳聋的人欣赏肖邦名曲。物理专家或声学专家是不是能用音波使耳聋的人，领略它的意味，我虽知道，我可是没有这种能力。但我所要说明的是，无论有没有受过上帝引导的经验，这种引导是确乎存在的。如有无线电的关键，不论开着、关着，音乐总是存在于空中的。我们学会了开启的方法，我们就明白了。怎样学会这种方法呢？只有时时和上帝做精神的交感，从前使徒劳伦斯所谓"习于上帝的降临"。和上帝没有深交的人，绝没有感觉上帝降临的希望。

总之，在我看来，宗教是很简单的事情。其意义就是尽我心、我力、我意，以实行上帝的意志。我觉得上帝给我一份为国家出力的工作……中国目下所有的问题，都是十分艰巨，诚为从来所未有的。但是我如今丝毫不再沮丧，不再消极了。我信仰的上帝，他有无限力量可以帮助我们，他的恩惠，简直会超出我们的想望和祈求。

我写这篇文字的时候，随时有发生危险的可能，可是我一点儿不怕。我确信在我们工作没有完成以前，决不会有意外降临到丈夫和我的身上来。将来工作完成，纵有意外，还有什么关系呢？

宋美龄画作

1943年8月，蒋介石就任国民政府主席时，与宋美龄合影

第三章
“第一夫人”

我拥有任何妇女都应该拥有的最美好的幸事：有一个投身于伟大理想的机会，并且有一个与自己志同道合的丈夫。

1928年2月，国民党召开了二届四中全会，不仅恢复了蒋介石的国民革命军总司令的职务，且以蒋介石兼任国民党中央政治会议主席和军事委员会主席。蒋介石再次成为当时中国的实权人物。

至此，宋美龄也正式成为继宋庆龄之后，宋家的第二个“第一夫人”，以蒋宋美龄的身份出现在大众视野里。

1931年1月4日，蒋介石、宋美龄在南京家中合影

1929年，宋美龄首次以“第一夫人”的名义陪同蒋介石在南京国民政府接见外宾

今日得以与最敬爱的美龄结婚，为有生以来最光荣愉快之一日，余奔走革命以来，常于积极中忽萌退志，前辈常询何日始可安心工作，当时未答，今日圆满答复，即确信自今日结婚后，革命工作必有进步，即从此可安心为革命尽责任。余深信人生若无美满婚姻，一切皆无意味，故革命当从家庭始，今日结婚实为建筑我二人革命事业基础。

——蒋介石

我不会只嫁给钱，但同时我也不会不嫁给钱。

我拥有任何妇女都应该拥有的最美好的幸事：有一个投身于伟大理想的机会，并且有一个与自己志同道合的丈夫。

我想这些官员起先颇为意识到我是个女性，但是后来我全心地投入帮夫的事业，他们也就不再视我为一个女性，而是他们之中的一员。

1943年8月，蒋介石就任国民政府主席时，与宋美龄及军政官员们在重庆合影

宋美龄婚后把主要的精力放在陪蒋介石进行各种活动上，担任其私人秘书，并很快就在一些事务中开始独当一面，发挥其管理才干。在抗战爆发以前，她主要抓的几项工作是遗族学校、励志社和新生活运动。

1928年，国民革命军遗族学校和女校的建校，正是宋美龄早年最引以为傲的一件事，也是她和蒋介石结婚以后，亲身参与的最积极的一件事。她个人在留美生涯和过往人生中积累得来的一些教育理念也在这些学校里得到了实践的机会。其中，“双手万能、手脑并用”是遗族学校的基本校训，也是宋美龄最喜欢对外宣传的优点。

1934年5月5日，宋美龄在参加了黄埔军校建校10周年阅兵典礼后步出操场

我个人对于如何教育意识的观念多是来自我对学生不该如何被教育的观察所得，换言之，我发现我们的教育体系与周遭的实际生活存有脱节的现象。例如，教育者只强调书本上的知识，至于如何将书本所学的应用到实际生活中去，或者怎样去做一个好公民这些事情，都受到惯有的忽视。

在这些烈士遗族的学校里，我要教他们如何用手和身体去思考、去推理为什么一件事必须那样子去做。

以遗族学校为起点，之后宋美龄还花了很大的精力参与了新生活运动，并成为该运动实际上的决策者和推动者，让全国人民看到了这位“第一夫人”的政治能力。

1934年，蒋介石和宋美龄出席在江西南昌举行的新生活运动开幕大会

1941年2月19日，宋美龄与蒋介石共同出席在重庆举行的新生活运动妇女比赛的一个开幕仪式

1941年2月，宋美龄视察新生活妇女工作队

“国家民族之复兴不在武力之强大，而在国民知识道德之高超”，而“提高国民知识道德，在于一般国民衣食住行能整齐、清洁、简单、朴素，过一种合乎礼义廉耻的新生活”。

——《新生活运动纲要》

宋美龄在武汉创办妇女干部训练班，担负抗战中的各种工作

所谓的新生活运动是20世纪30年代中期的一场全国性运动，最初由宋美龄提出改造江西落后环境和生活习惯，再加上蒋介石维持自身统治的需要，促成了这场由江西开始，蔓延全国的运动。

宋美龄为争取外国对她和蒋介石实施的新生活运动给予支持，在美国和上海的英文报刊连续发表了几篇解释新生活运动的文章。

●宋美龄在武汉对妇女发表演讲，宣传妇女参加抗战

1935年6月，她在《美国论坛》杂志发表《中国的新生活运动》，1936年10月10日，她又在上海《字林西报》发表《舆论的形成》，同时她还为纪念新生活运动两周年和中华民国成立25周年发表《新生活运动》一文，反复地解释新生活运动的意义，以及提倡新生活运动的动机。通过这些宣传，宋美龄首先扩大的是自身在这个运动中的影响。

推行新生活运动时，宋美龄极力主张妇女是改造家庭生活的原动力，并为了提升女性地位做出了一系列切实的努力。

不同的国家，不同的人民，对于中国女性的观念也各有不同。那些浪漫主义者印象中的中国女性，是在花叶掩隐，亭台复

1939年，宋美龄视察四川綦江时与女学生们在一起

折的曲径小道之上，姗姗微步出来的一位云鬟翠袖的人物；另有一种人，所见的中国女性，则是沉静而耐苦地跟男人共同在田里辛勤工作，或是与自然界的困难，做奋勇的搏斗……我们已有一个新的时代，在这新时代里，女性用新的确信自立了起来，并且用新的眼光来批判人生。

知识较高的妇女，应当去指导她们的邻居，如何管教儿女，如何处理家务，并教导四周的妇女读书识字。

我们如要衡量一国的进步程度，必得注意那一个国家妇女的情况和妇女在社会生活、国家生活中的地位。倘若大多数妇女有受教育的机会，而且生活很合理，那个国家才是进步的国家。

●蒋介石与宋美龄在重庆视察妇女指导委员会夏令营

宋美龄与外国友人在重庆南岸妇女指导委员会夏令营营地视察

●宋美龄在重庆视察战时妇女工作

蒋介石与宋美龄在重庆家中

1940年，宋美龄（后右三）在重庆与妇女界代表合影

宋美龄视察四川綦江妇女教育工作

1943年，宋美龄在重庆参加妇女烹饪、品尝活动

20世纪30年代，蒋宋夫妇用两年时间在中国飞行了一万公里，涉及十多个省，这在中国历史上是空前的。从北伐的晚期，乃至以后的战争，大约历时十年，蒋介石几乎都是在征战中度过的，宋美龄经常追随丈夫到各个战场上，无论这些战场是在边关，还是在内地。在这十年间，宋美龄常常是在旅途上奔波，她

1940年8月，宋美龄代表“新运”总部慰问难民

的足迹也在那时踏遍了全中国，其间也曾遭遇过不少危急的情况。在旅途中，宋美龄记录下了风土人情和旅途周折，也如实记录了自己的心情与期待。

20世纪30年代，蒋介石、宋美龄与蒋经国一家及童子军合影

合作与牺牲

1936年1月1日的新年讲话

借本电台开幕的机会，我能对大家说几句话，很觉得荣幸。我在这广播器前面发言，几千里外的人们都能听到，确是一件神奇的事情。这不能不归功于现代科学的发明，同时表示了人类控制自然的能力已有如此进步。我们利用自然的力量，有当有不当，用而得当，固能福利人类，用得不当，也可以危害人类，甚至使人类毁灭。

我们既可以这样的支配自然，促成物质的进步，但我们也应当注意较物质更重要的精神。人类是被精神力量所控制的。有了这种精神力量，世界还有实现大同的一天，人人皈依上帝，人类或有融成一体的可能。精神力量虽不是我们目光所能看得见，然而我们确信它是永恒存在的。主耶稣曾经提出过一个深刻的问题，他说："假使有一个人，他得到了整个世界，而丧失了他个人的灵魂，有什么益处呢？"我们应当明了这个伟大的真理。

我希望大家在这民国二十五年的元旦令节，感谢上帝给我们的无穷幸福。自有历史以来，上帝赐福我们，庇护我们，到现在已无数世纪了。我们已奠定了中华民国稳固的基础，现在我们还要恳求上帝扶助我们，引导我们在这艰难的道路上，继续前进。我们为了全国同胞的福利，竭诚地贡献一切，牺牲一切。并且希望由此创导出国家民族的新生命。

1940年4月7日，蒋介石、宋美龄与宋蔼龄（左二）、宋庆龄（右）合影

20世纪40年代，穿着时尚的宋美龄与蒋介石在重庆合影

要使我们的国家强盛繁荣，而恢复我们民族从前的光荣，唯一途径，是人人都能尽他的责任。我们的努力，还得调和一致。从前有句话说："一箭易折，众矢难摧。"倘使全国的国民，不论什么地位，什么职业，都能把福利国家、福利社会作为工作的目标，不存一丝一毫的自私心，自奉力求简约，服务不辞劳苦，我们一定可以把国家从危亡中救援出来，如要达到这个目的，我们还得刻苦实行，有牺牲精神，只说不做是毫无用处的。

让我借这个广播器，再向诸君申述我的愿望，我希望人人能在爱国救国的共同目标之下团结一致——并且不仅为了本国，还得更进一步为全世界的幸福而工作，别让任何人独自负起国家的艰巨责任。我们应当共同为祖国努力。我们要乐观，要有精诚合

20世纪40年代，蒋宋在重庆接见蒙藏代表

作的精神努力前进。最重要的，我们还得明了，当我们奋斗前进的时候，上帝永远在辅助我们。我们不能离开了上帝独自前进。只有上帝的辅助，才能使我们实现一个真正的快乐新年。最后，愿上帝赐福你们，我并且竭诚地祝诸君新年快乐。

20世纪40年代，宋氏三姐妹在重庆检阅部队

闽边巡礼（节选）

1935年2月发表于美国《论坛》杂志

虽然生活很艰苦，同我们的军队一道进一步深入内地，但我还是感到很愉快，因为我身体健康，很有耐力，这样，我能和他（指蒋介石）在一起，并出些力，如果我在家里坐等到中国真正实现和平，那么我们要等待很久才能团聚。所以我总是决定和他在一起。

我陪同丈夫到福建去。圣诞节那天，我们走了一千多里路，一半乘飞机，一半沿着临时兴筑的车用公路坐汽车而行。我们从杭州动身，坐了两小时的飞机与八小时的汽车，就到闽边的浦城。我们经过浙赣闽三省边境，那里是我们东部最崎岖的地区，路又粗劣不平，所以我给颠簸震荡得头都抬不起来，异常疲乏。

虽则疲乏，一路的风景却使我赞叹惊奇。那里的山景的确雄浑奇伟，为我所从未见过。我见过贵国（指美国）那峥嵘巍峨的落矾山，福建却是山复一山，接连不断的崇峰峻岭，上面都长着繁茂的树木，万万千千的杉树，在这圣诞时节青翠欲滴，并且在苍翠山色中，还偶而（尔）衬着一两棵朱红的蜡树，鲜艳夺目。在这崎岖的地域，以一月的工夫筑成公路，不得不令人诧异，就地势之险，与完工之速而论，技师们谁都认为是一件惊人的建设。四面山坡都以人工开凿。不消说，筑路时有数千人参与工作，每天分成三班轮替。路虽高低不平，但到底完成一条路了。

有时公路穿过山谷，既窄且陡，两旁高山崔巍欲堕，颇有直迫行人头上之势。我因而想到希腊东部德摩辟里的关隘，不知是否与此仿佛。有时我们沿高原边上的悬崖奔驰，开车一不小心，就会堕下深渊，有几段公路在筑造中，峭拔陡削（峭），几如悬

宋美龄与蒋介石一道出现在重庆街头

蒋氏夫妇全家祖孙三代合影

抗战期间宋美龄与蒋介石。摄于重庆江北黄山官邸

抗战中，宋氏三姐妹与蒋介石在重庆

宋美龄与蒋介石在抗战中的合影

壁。一直到经过以后，我方才觉察那次旅行多么危险，多么费力。事后我丈夫深悔不该教我冒这许多危险。所幸人们在身处危境的时候，每每不如追想时那样觉得可怕的。

…………

一月以后我们到了闽省边境的浦城。这是孤零零的一个小城市，我刚才所说的那条公路没有造成以前，那个小城和外界绝少来往。在高峰峻岭间虽然有羊肠小径，行人都望之生畏。那边的人仿佛处在另一时代，女人的服装和我高祖母差不多，精巧的发髻，也依然百年前的式样。

除夕那天，我和丈夫在周围的山中散步，我们发现了一株花蕊怒放的白梅，那真是吉兆！……

一星期后，丈夫动身向南边的建瓯去。他坐军用飞机，一小时便到了，可是此去的航空途中，寒冷而危险，所以打电报来，叫我乘船前去……我带着美籍看护妇、女秘书、女仆和男仆卫兵等，同行共有六七十人，分乘五个民船、五个竹筏……

我丈夫坐飞机一小时便可到达的那段路程，我们坐小船费了四天四夜的工夫。到最后一段，我们经过的地带，仍有土匪出没。所以委员长加派卫队来接我们。幸而路上没有遇到意外……

蒋介石与宋美龄在南京郊游时野餐

西南漫游（节选）

1935年，蒋介石督师西南，宋美龄随同前往，历四川、贵州和云南，并以书函“国民革命军遗族学校”同学的形式，记录下了这一漫长行程。

1. 贵阳的山

现在我要将我们的这个堂堂大国——中华民国最近的时事告诉你们一点。你们知道：贵阳是贵州省的省城，贵州这个省几乎全是大山，向来是很穷苦不容易交通的地方，旧时是很难到达的，现在已经有一条汽车公路从广西到了这里，不久又有一条从长沙，另一条从四川重庆筑成的新公路均通到此处。航空邮政现在已可以寄信到此间了。

不久之前，到这里来，是要在小石路上行走，登山越岭，甚为困难。从此间到重庆要费十七日的路程，到广州或到云南大约也要十七日，不是坐轿就须步行。这里处处皆山，一望都是些起起伏伏连绵不绝的山阜，奇形怪状，十分好看，我们从重庆飞来的时候，看见这种山阜很长地排列着，好似一个巨魔将它们摆列着玩耍似的，又好似小孩子做的无数的小沙堆。这种山如何造成的，我不大明了，或者火山爆发之后，地面凝结，才成了这个形状罢。贵阳城就是坐落在山谷里面，四周都被这些奇形怪状的山围住。地面比南京高出三千多尺，所以到现在仍然很冷。你们住在南京的人大概已经觉得夏天快要来了，但是这里的树木才生出青叶，飞鸟正在建筑它们的巢窠，啁啾交鸣呢！

这里的风景与你们在南京所见的既是不同，人民生活的情况也是迥然有异了。这里人民有许多不同的种族，以布缠头，是他们普遍的风气。苗族人大半在山中居住，工作很苦，食用很简单，衣服与常人不同，身体短小但甚强健，他们不吸鸦片，而且工作勤劳，食物大半也是稻米。

……那时候我们便可以真正做一番事业来救百姓，使我们的国家强盛起来；这也是你们当学生的时时刻刻要记着的，因为你们受教育的宗旨是要帮助你们的国家及你们的同胞呀！

2. 穿越三峡

现在我想将我们的旅行经过对你们说一说：我们来到这里是要坐轮船、坐汽车、坐飞机的，从九江到四川的重庆要坐船。重庆到上海有一千三百五十英里，地势比南京大约高过六百尺。真的，轮船是要向扬子江（长江，旧时别称）上游的石滩爬过这样高的地方直到宜昌为止！扬子江一片汪洋的水，很急激地向下流，流时将两岸的田土慢慢地冲蚀，带了许多入海，将海水都变黄了，六十英里之外都是黄的，可见得江流急激，真是厉害，冲去的泥土之多亦可想而知了。

离开宜昌之后，我们就到了著名的巫山三峡之中，几千百年来的浩浩江流向大山冲涌而出，悬崖高达千尺，山顶甚至有高至四千多尺的。当轮船鼓轮上驶的时候，就可以体验到江流的厉害，又可以见得洪水冲撞大石的力量之伟大了。这种大石有的是在两岸矗立，笔直得像一幅危墙一样，当中的江流，奔腾澎湃，白浪滔天，轮船的机器都觉得难以应付！礁滩声如狮吼，极其危险！轮船要向它们的上面爬过，很困难地一步一步地前进，有时几乎要停止，不能开驶，此时情景实在令人怀疑这轮船是否有可以爬得过去的力量！因为在五十码的路程内，要爬上六七尺高的激流，所以轮船时常有沉没之虞。险恶的激流如果将轮船向突出来的大石上冲去，那船立刻便被击毁，落水的人们真是晦气，他们一被卷入旋涡，就没有生命了！

从前没有轮船与急流争斗的时候，要用人力牵拉大木船过滩，只说三峡就要费几个星期的时光才得过去。二三十个船夫用竹篾编成的大绳索，将木船慢慢地很忍耐地拉着，赤着脚踏着大石，有时赤膊着工作，形同牛马。现在大木船已不向逆流而上，只有小船还逆着急流牵拉过去。拉纤的船夫系向山峡大石上凿出来的一条小路中行走，倘一失足，就会落水淹死，否则便是他们的幸运！

在阳光照耀之下，山峡是极其美丽的，足以使人们钦佩造物之庄严与伟大！

过了三峡便到万县，万县以上的地方形势就不同了，我们日日经过连绵不绝的小山，山上都已耕种；农庄田舍与我们所常见的不同。他们的屋顶与中古欧洲的建筑相似。山景非常美丽伟大。

3. 金沙江淘金

这一段上游的扬子江亦称金沙江，因为沙滩上可以寻出金子的缘故。当我们经过一段一段的沙滩，看见一群一群的人们正在淘金，每群有五人，一人用两个木桶在江上挑水，三人将碎石加以检查，掘开泥土，寻出金沙。一人持桶将泥土倒入，用水上冲，水将泥土冲至一块长约三尺六寸、宽约三尺的大木板上，板上有很细的格纹，好似外国的淘金板一样，沙土冲至板上，金子因分量比沙重，就留积在格纹里面。

有一晚我们泊在近岸，岸上正有人淘金，船上旅客有数人上岸，观看他们淘金的工作约有半天，只见他们从板格上淘出约有一层的黑沙，因为那里的沙原是从火山中爆发出来的，所以是黑的，后来将这黑沙放在一个木磅盘里，慢慢地摇动，等到沙不见了，只剩下一层很薄的金粉，所得的甚为有限，淘金的人只讨价一元，就售给旅客，工作半日，每人只得两角钱的代价！有时如果可以得到更多的金粉，或者一粒金沙，那便是他们好运！这种工业，若是用现代的方法来开采，必大有益于国计民生，希望这种采金事业，也列入我们实业计划之中，我想这对于国家富强，实有很大的关系。

4. 花团锦簇的贵阳城

贵阳城是建筑在山谷之中，四面有尖圆形的小山围绕着，山顶上树阴之下有时候可以看见一所二所的庙宇。城南有清溪。我曾与委员长到那里溪旁散步。这条清溪很迂回地流过一个秀丽的小山峡，名叫龙门洞，峡旁高岩上面，有人刻了许多字，有的年代已经很久。据说溪水完全流入洞中，就不见了，但是这句话不甚可靠。我们亲自去视察过这个洞，一部分的溪水流入洞中，但是其余的水，蜿蜒如龙，流入山涧去了。在这寂静的山峡里，美丽的野玫瑰在石上结成天然的文绣，凤尾草和各种不知名的野花错错落落地到处点缀着，使得这个地方显得又幽静又秀丽，这是因为无人居住的缘故。

离贵阳约六十里有一处地方，在龙里城的西面……我们在那里发现另一条溪，中间有一条很古的石桥，两旁杜鹃花盛开，鲜红可爱。所有的山都是尖圆形的……

5. 初抵云南

到了昆明的上空，望见省公署在城内一座小山上，云南大学在近旁另一座小山上，这是一座淡红色的房子。我们在云南的时候，就住在这所大学里。最后我们降落在巫家坝飞机场，那里搭着一座彩棚，龙主席[①]及龙夫人率领云南的男女学生和各界同胞来欢迎我们。我们坐汽车进城，街道两旁，排列着一群一群穿白制服的学生，其中也有穿蓝色的，进了城门，即见人山人海，塞满了街道，家家户户的门首，飘扬着国旗，街坊上高悬着灯彩。这种热烈的表示，使我们异常感动。昆明市的街道，很整洁，有秩

①时任云南省政府主席的龙云。

序，房子都是一色的，颇壮观瞻，比较在他处所见杂乱无章的房子好得多了，街上行人分着左右，进退很有秩序。

云南的人民，同贵州人一样，衣着多是花花绿绿的。乡下人穿着古时候的花衣服，妇女有穿红裤，绣花袄的，有的戴着很大的花冠。甚是好看。街上有土人，有苗族人。

我们住在云南大学的前院，在一小山上，正对着翠湖，地位甚好，空气新鲜，云南虽居热带，但昆明地方离水平线有六千尺高，所以我们觉得空气比较稀薄，虽然初夏的太阳照射着大地，好在时常都有一阵阵凉风在吹着，使人们感觉凉爽而舒适，那地方的气候确实胜过贵阳。贵阳的天气既潮湿，又郁闷，而且有时候特别寒冷。

当我们到昆明的第三天晚上，全市各学校有数千小朋友们特地为欢迎委员长举行一次提灯会。参加的男女学生每人都提着一盏美丽而别致的灯，排成整齐的行列，一个一个地经过大学前院的台阶，向右边退去。几千个活泼的儿童，几千盏各种一样式的灯彩，甚是好看！这些灯的一样式，各个不同，有各类各色的飞机，有鱼，有蟹，有虾，有小兔，有小马，同各种怪兽。女学生所提花篮最多，制作尤为精巧。此外有水桶，雀鸟，还有最别致的，有以菜蔬为标本，竟像一棵肥美的白菜。这是很长的行列，许多时间，才全部走完，年幼的学生们爬登很高的石级，不觉汗流气喘，但是他们很快乐，很高兴。

昆明附近有一座大山，名西山，山顶与山腰有许多庄严华丽的大庙宇。山脚下有一个很深、很大的湖，这便是有名的滇池，是云南最大的淡水湖。有一天我们到西山去游览，先坐汽车到山脚，然后登山，上山下坡，穿过许多竹园松林，就在一座名叫华亭寺的寺庙里，我们参观了一间殡葬室，里面放着一坛一坛的，都是和尚们圆寂后的骨灰。这是佛教的规矩，尸身烧化成灰，便装在坛内，有的单独做坟墓，这里是合葬的，叫作海会塔，原来塔是佛教僧徒坟墓的名称。

我们离开华亭寺，向南约行五里许，就到了太华山，那里也有一座古寺，这寺正在西山之中，我们就在寺内万顷一碧楼上午餐。此楼正对着滇池与昆明城，诚所谓气象万千，其风景之壮丽，当推昆明诸胜之首。最后又游览一所有名的庙宇，这是集合好几个庙宇而成的。这庙建筑在一座高山的峭壁旁边，与一幅很高的悬岩相近，这庙叫三清阁。最高顶上，从整块的大石中凿开一条隧道，直达洞口，洞内有整块岩石刻成的佛像和佛前的几案。隧道的旁边是凿穿的，凿成一条栏杆，可以凭眺通光，并且可以免人们倾跌下去。这个地方真是奇险，偶一不慎，那就要“一失足成千古恨”了。悬崖之下，就是被称为滇池的大湖，一望无际，再向前往，尽是大山，斜阳里闪闪作紫金色。从这崖旁石级下去到湖边，要走许多路，湖中有一小轮船，预先在等候。我们下山之后，因为湖岸很浅，要坐舢板上去，舢板是穿着红裤绿袄的本地女子摇的。高山清水之间，橹桨荡漾，她们是多么有画意呢！我们就坐小轮船回到彼岸，又是昆明市的区域了。

6. 红色的川西平原

我们在重庆住了一天，第二天下午就往成都，我们飞过著名的川西平原，田野好似出红疹，一点一点的尽是红色的小山阜，有黄色的水围绕着，那就是禾田，一望无际的都是这种景致。红色的小山阜都已耕种，看不见一块荒地。沿途所见的不是田庄，就是村落和市镇，忽然又见黑云密布，似要下大雨的模样。幸而我们急急由云的下面飞过，经过一道大山岭，就见成都平原在我们的面前了。成都平原与其他川西平原不相同，虽然耕种仍是很密，但是鲜碧的新禾映着银灰色的水田，颜色与他处是两样的，运河处处都可见到。这是从灌县（都江堰）西北方的岷江分流出来的很著名的水利网，系两千年前开掘的。这个运河是世界有名的，因为几千年来，这地方的生活，就是全靠这条水的灌溉。

成都城俯伏在平原的上面，形式不是正方的，是缘着地势筑成的。在内地要算很大的城了。在这个古老的大城里，有许多有趣味的著名历史。城内房舍稠密，人民塞途。当我们的飞机在城上环飞的时候，都翘首远望，我们下了飞机，坐汽车入城，街上店铺林立，有各种手艺，铜、骨、竹、木各种手工都有。制作很精巧，价值亦低廉，这是在我国经济上值得提倡改造的。将来住久了，再将成都的情形告诉你们罢。

……川西平原，因富于红色岩石，一位德国地质学家李希霍芬就名之为“红岩盆地”。这盆地的面积约十一万平方英里。四周都有高山；扬子江在它的南端，自西而东滚滚流过。这平原实在是大江冲刷而成的，据科学家说，很远很远的古代，这里是个大湖，扬子江的激流在万山丛中冲开了一条几千尺深的出路，湖里的水就流干了。如今这数十万农民所居住的地方，古代是无千无万水族的家园。水涸鱼尽之后，就来了原始的初民。又经了无数的年代，那些原始人也淘汰了。现在岩穴之间还可以找到他们存在的遗迹。

有一位外国作家说："这整个的红岩盆地，农产丰富，永远是中国的精华所在。"这里产米、玉蜀黍、甜薯、甘蔗、山薯、麦、油菜、青豆以及各种蔬果之属，橘子汁多而价廉。丝的产量也很不少，这里大部分人都有丝织品穿，可是棉花则不易种植。

川西平原有极大盐井，一处名自流井，一处名五通桥，这两处尤大。前者人们从三千尺深的地下引出盐水来。他们开凿的方法是很古旧的，很原始的（就是我所谓我们祖先的方法），那真是费时费力的工作。他们开凿的工具是一根铁棍子，一端附着可以卷动的篾索，把那铁器凿入泥土若干尺寸之后，再用辘轴把它拉起来，拉了起来，再往下凿，如此循环往复，凿成两三千尺深的窟窿，得费若干岁月。可是有人告诉我，现在已试用机械的力量去开凿了，经过无数世纪的陈旧方法，如今才透露了一线进步的光明。

在自流井，井里有时冲出来的不是盐水，而是一种特别的天然气体。但这种气体，可以用来煎盐，把盐水放在大铁锅里，把它煮沸，等到水分完全蒸发之后，铁锅里就留着一块一块像黑色糕饼似的盐砖，我瞧见人们用驴子或挑夫把这些盐砖运到外省去，甚至跋涉数百英里，经过险峻的山道运到贵阳或云南去。

7. 峨眉山避暑

后来天气太热，我们就到峨眉山来，峨眉山在成都西南，是著名的佛地。旧时到这里来的人们，陆路坐轿子，水路则坐船沿岷江而下，到嘉定（四川乐山）附近再登陆。我们是坐汽车的。沿途所

宋美龄与蒋介石赏梅

见，感到成都平原人口是如何繁密，农产是如何丰富。路旁都是接连不断的茂盛田禾。河上都架着坚固的大石桥。有些石桥的塊上长着高大的榕树，有时枝条相接，使整个的石桥都掩盖在浓荫之下。我们要跨过岷江，摆渡与过桥并用。岷江的水底每有岩石矗起，宛如小岛，把江流裂成数股。我们过渡时，江水大涨，流得又急又快，渡过去似乎是很危险的事情。他们用长的绳索把汽车扣牢在驳子上，我们则另乘渡船渡过较阔的水道，狭窄处另有临时搭架的桥梁可以步行而过。我们从前所常见的大河，河水多半是混浊的，难得看见像岷江这样清可见底的大河，我们觉得很有意味。

过了岷江之后，道路穿过很肥沃的地带，两旁有树，有蔗田，以及许多有趣的东西。这里的空气和土地都很潮湿。日光常常为云雾所掩盖，所以有了“蜀犬吠日”的传说。我却非常怀疑。

我们未到峨眉山麓，远远就看见西南有庞大的峰峦，高耸入云，在平原之上，陡然而起。此山高出水平线约一万一千尺，在澄净的暮色中，更觉美丽可爱，远望像一匹无头巨兽，蹲踞欲跃的样子。上面的悬崖很高；若干峭壁，据说有一英里高呢。我没法子作精密测量。

我们先过一小城，即峨眉县治，里面一切都清洁新鲜，到了那里，我们已距目的地不远了。这里也有不少榕树，稻田四周还有许多枝干白色的树木，我怀疑那些树木是不是与北方的白皮松属于同一门类，后来我才知道是白杨，枝干的白色是昆虫所分泌在上面的腊质。据说这种昆虫为四川某处所特产，它分泌腊质，只拣白杨，这里大约是从外面流传进来的。腊可以卖钱，很有益于人民生计。

到山麓，汽车路就完结了，在天黑以前，我们得换坐轿子到预定的住处去。我们沿着一条涧水，在浓荫夹道的狭窄山径中前进。两边为山壁所束，所以千百蝉声，在中间往复回荡，震耳欲聋。它们似在齐声合唱："救救我，救救我。"但我也热诚想望，有一个魔术家来救救我，不要听见这搅扰平静的噪声了。不幸事实上这里除了轿夫，就别无所谓魔术家。当轿夫们逐渐往高处攀登的时候，都喘着气。我们并非往山顶去。离开了那无数石级的山道，另取途径，穿林越水而去，那条路的旁边，有时还可看见一些位置在险峻山坡的麦田。我们的目的地约高出水平线四千尺，那里有一些教会建筑的西式房子，原是供给他们自己避暑之用的。

…………

我们在两株李树下走过，因为果熟时节，几个村农，正忙于采摘，采了都放在篮子里。山旁有深深的竹丛，我们也越走越高了。前进得很慢，路旁多松树，远远还望见枝干上封着虫腊的白杨，但到相当高度这种树就没有了，淙淙的鸣泉旁边，还有丛丛的赤杨。到处有灿烂的蝴蝶，循着气流，往上飞升。这些天然的滑翔机一直可飞到一万一千尺高的山顶去。

我们遇到若干苦力，运着许多绿色植物，我起初不明白这许多绿色植物，他们拿来干什么用的，使我联想到龙潭山上那些苦力，一车一车把水泥原料运下山去一样，后来我顿然觉悟他们一定是采取药草的人。我记得四川这一带原是产药最富的地方。后来我在白天遇见过许多。他们都用粗布厚厚地包裹了膝头，往往周身为汗水浸透。他们都带着小小的镰刀，以备在深林密箐中割取药草。

我们住的屋子都有林木隐掩，远远近近还有若干同样的房屋散布着。我们的下面，展开一片平原，嘉定城也远远在望。岷江在晚霞的余晖中闪着白光，景色绝美。我们还看见别的城市和许多村庄。另有一流，自西北流过平原，汇入岷江。其后江水泛滥，到峨眉山的汽车交通曾暂受阻梗，直到一条桥修好之后，方始恢复。我们的下面尽是农田；上面是块块白云，悠然而行，拂过山巅，有时碰着高耸的岩，冉冉下降，有如瀑布。

其后，我常常看见山峰在阳光之下，作庄严的紫色，有时为白云所裹，如块大雪糕，有时完全隐在云里，一点也看不见。我们住的地方无平地可供散步，若要出门走走，倘不登山，就得下山。山旁野生的植物甚多，如羊齿薇蕨之类，也有开着好看的花朵。我们常常爬到一块小山石上，静静坐下，那里空气很凉，日光也并不强烈，仰脸看着那庄严伟大的峨眉山。到晴天，位于最高峰名“金顶”的庙宇也清晰可见，我常常想，什么时候我才能到那里去看一看呢。委员长曾结伴去过，可惜我没有参加，我只能把他们看见的东西告诉你们。

凡游峨眉山顶的人，大家都欲一望他们所谓西藏的“峰峦积雪”。我想大约是西藏的边鄙，如今名为西康（中国旧省名现已撤销）的地方。我瞧过他们所拍摄的照片，所以也间接地领略过这景致。去看雪山的人，拣晴朗日子，天明就得起身，那么那皑皑的峰峦，有日出的红光为之衬托，景致更美。过此则为云雾所掩盖了。

另一目的，则为瞻仰“佛光”。山上多云。逢晴天，浮云约离地面七千尺至一万尺高，它们碰到大块的矽岩，就停留在那里。人们背着阳光，站在山岩上，影子就投映到白云上面，影子的四周会形成一圈美丽的虹彩。传说这就是“佛光”，僧侣也就引此为峨眉圣地的明征。据说有若干朝山者，大受这种景象的感动，就跃身而下，现在崖旁已围有铁链，但人们倘使有心要滚下去，还是可能的。还有一样东西也是游人们所乐于看见的。那是山下远远浮动的点点星火，他们称为“佛灯”，怀疑者说是樵夫或农人的灯光。

邻近那里有一口大钟，从前是铜殿所在，至今还遗留着若干铜质的残片，该殿位于“金顶”，是峨眉最高处，民国十七年毁于火。据说是明朝万历帝所建造，殿中有许多精美绝伦的铜质窗格。

…………

自山麓攀登峨眉绝顶，至少需时两天。我们常常静坐观山的地方，仰视山巅，约距十五英里。然而走起这段路来，却忽高忽低，得翻过山岭，有时向下走一千多尺，再爬上五百或一千尺，接着又得向下走。如此忽高忽低，而结果还是向上高升的。沿途庙宇很多，到双飞桥山路分成两道，一道是铺好的石级，另一道是沿山涧而上。后者得走过架在危崖间的一条木桥，下临深涧，那桥的木料，似乎已年久失修，走上去摇摇欲坠，然而从没听见有人掉下去过，山路跨峰渡谷，或过一片青翠的松林，或经一丛芬芳的野花，爬到山巅真不是件容易的工作。

…………

峨眉的僧侣都属佛教徒。据说共有两千多名。这山是我国四大佛地之一，虽则最远，但仍有不少苦修的人，从沿海一带登山涉水而来，表示他们的虔诚。

这座山的主神是普贤菩萨，传说他曾降临此处，骑了一只大黑象，那象有六根象牙。今在万年寺，有一只铜铸的象，比活象略为小些。按志，那是当时在山下逐块熔铸，分运到山上，再行拼合起来的。这寺院的和尚还会拿出所谓"佛牙"来给你看。佛牙长约一尺，重若千磅，他们告诉我很像象牙或古代恐龙的牙齿，所谓佛牙很觉可疑。当和尚告诉我们的同伴那发现佛牙的地点时，中间有一位很想到那里去发掘那只恐龙，使戈壁沙漠所发现的不能专美于前。

万年寺之上，有浴象池。他们指给你看的那个池子，湫溢污秽，我想象而通神，它大约不高兴在那里面洗澡的罢。但有一所寺院，我想你们一定会感到极大兴趣，那寺的四周有许多猴子往往跑到走廊里向游客讨东西吃。寺中有一僧，能指挥这些猴子，他只要喊一声，大大小小的猴子都集拢了来，手牵手蹲在树枝上。猴子所到的地方，不过是附近同一高度的各个山峰，吃一种深绿色的果子，我想它们大约也找栗子之类的核仁吃。

寺院的地位，大半都很好，风景也美丽。有一寺邻近一个所谓仙人洞，我想这地方也会使你们发生兴趣的。那洞很深，有人相信这洞可以通到江西，或类此辽远的地方，仙人们由此可以从江西步行来到此山。这洞如今是蝙蝠和燕子群居之所，洞壁之间有无数灰色的燕子窠。洞里漆黑，一点东西也看不见，我真不明白那些老小燕子飞出飞进如何认得清哪一个是自己的家呢?

这里很多高大树木，银枞树（白冷杉）触目皆是。那些树木供给寺院以建筑的木材。山顶上也有密密的树林，有的挺然直立，有的给雷电劈成奇形怪状。山中时有雷电，雷声在峰峦峡谷之间，纵横回荡，往往激成十分怕人的声响。

八仙花和踯躅花[①]很多，还有各色草莓。一处以出白草莓著名，游客拾级登山，口渴时往往折来解渴。这些草莓大都生在一片深深的榛莽之中，一边就临着险峻的深谷。攀登山道的时候，倘往下望望，山谷之中，往往有奇景可看，块块白云，形成了各种式样，有时平平的一片，往空旷处展开，如拉绵，如搓絮，真所谓景象万千。为使游客们安全欣赏这种景象起见，有人把道旁的野草矮树割除，开成小小的缺口。

①踯躅花，又名映山红，特指黄色的野山杜鹃，因有毒，羊误食后会踯躅蹒跚，故名“羊踯躅”。

宋美龄在广西时，与白崇禧太夫人合影

攀登峨眉，真是惊心动魄的事儿。不能坐轿，无数的阶层，要你两腿去爬。所以我这次并未参加。有些地方虽可坐轿，但经过仙人洞的那一段，石级既多，而且十分危险，轿子就无法行走了。

除开走行以外，尚有一法，那真是异想天开。我可不喜欢的。我看见许多老太太都用此法登山。其法以苦力一名，背上缚了一块像座位那样的板子，客人跨坐板上，两手捧着苦力的脑袋，宛如孩子们玩的“三人骑马”。要老年人攀登那些峭直的石级，当然这法子比较妥当了，而且也还简单，但她们骑在苦力背上，往往闭着眼睛的。我见若干年老的朝山者，都用此法往返。无论用什么法子，只要爬到山顶，人们认为是无量功德，倘使跪着膝行而上，那更可消除一切孽障了。我想你们一定要说，这样膝头不要受伤吗？然而你若用脚走上去，你的脚也会疼痛得不可形容。我日后仍想上去一游，那么有更多的资料告诉你们了。这封信就此结束，等到你们长大的时候，你们或许会自己来攀登这名山的罢。

1942年4月17日，有着中国“空军之母”之称的宋美龄，与美国空军志愿队军官合影

第四章
“空军之母”

当你们翱翔天空时，你们无异是用火焰在空中写出一些永恒的真理，给全世界都看到……

她将永远是我的公主。

——陈纳德将军

宋美龄独揽空军大权，不容他人染指，并成为严格执行空军纪律的人。她规定，凡在这支精英部队中行窃者，将被处以极刑。直到必须撤离南京时，她还常在新闻稿上提到“我的空军”。

——美国女作家　尤恩森[1]

①美国传记作家，出版有《宋氏三姐妹》。

20世纪40年代，宋美龄与陈纳德将军

1936年，宋美龄担任国民党航空委员会秘书长，她聘请了美国陆军航空队前飞行员霍布鲁克当顾问，并盛情邀请美国飞行员陈纳德来华组建飞虎队。从无到有，一点一点地创建空军后，宋美龄从采购代理商转身变为“中国空军司令”。

1938年，蒋介石改组空军，宋子文接替了宋美龄的工作，让她专心致力于妇女救亡活动和外交活动。但宋美龄始终保留了对空军的各项掌控权力，在很长时间里，她都把国民党空军亲切地称为“我的空军”，她本人亦被称为“空军之母”。

宋美龄在公开场合总是佩戴中国空军的徽章，她一生最喜爱的胸针就是金色与银色交辉的中国空军军徽。

宋美龄配戴的空军军徽标志的胸针

宋美龄配戴的空军徽章

中国不久以前，既没有飞机场，又没有飞机，但跟着时间的推移，航空建设已初具规模了；而过去的成绩，我们希望它不过是继续进步的基础而已。

航空与统一

1937年3月刊载于上海英文《大美晚报》"中国之航空"

一切促进中国统一的新发明，或许要推飞机的功绩，最为伟大。飞机消除距离的能力，和促进边省与各省间，或边省与中央间的密接而消除其误会猜疑，恰好成正比例。

在没有飞机以前，尤其是边远各省的官吏，大都各自为政，和中央隔膜得很厉害。特别是僻远各省的封疆大吏，绝少入京机会。就是交换代表，也因交通阻梗，往返需时，不能得到多少成效。而中央的高级人员，除了短距离间的旅行外，非万不得已，也很少长途跋涉，亲临内地。从前这种旅行，不仅要费许多时间，并且交通不便，须经种种的艰难与困苦，即如少数官吏因职责所在，巡历辖境以内，亦复如此。航空交通没有发展之前，官吏沿铁道线旅行，还勉强说得上迅速舒适；可是我国的面积太

20世纪40年代，宋美龄、蒋介石与陈纳德将军合影

杭州笕桥航校——“飞行员的摇篮”

蒋介石为时任航空委员会秘书长的宋美龄戴上空军胸章

蒋宋夫妇接见苏联援华飞行员

20世纪50年代，宋美龄去台湾后，对空军依然情有独钟。这是她与蒋介石在看空军演习

胸前佩戴“中国空军”徽章的宋美龄

蒋宋夫妇与空军家属

大，铁路所达到的地方，只是极小的若干部分而已。

我们不必说经济方面，只就我国政治社会的进展而论，航空交通究竟给了我们多少显著的影响，我们略略地估计一下蒋委员长飞巡各省的成果，就不难想象了。我国所有的省份，蒋委员长差不多完全到过的了——这种行程，决非寻常情形之下所能做到的。取道长江，往返于云南南京之间，利用普通的交通工具，最快也得两个月，如今坐飞机，一天就行了。自重庆到贵阳，坐轿子要十六天，且非常费力。坐轿从贵阳到云南，所费的时间相仿佛，而旅程则更加艰苦。但是委员长坐了飞机，在这群山峻岭，辽阔如海洋的境土之上旅行……现在上述各处都有公路联络，不能坐飞机的人，也可乘汽车旅行，这就方便得多。从前坐几星期的轿子，弄得力倦神疲，筋酸骨痛，这种困苦，也可避免了。

委员长因职责的要求，常常做重要的飞行，我们不必逐一

蒋宋夫妇与陈纳德将军

列举。他飞航的旅程，跨越了无数高山大川和广漠平原，几乎飞尽了四边的国境。时间既非常经济，来往也比较安适，凡是远省的僚吏，都能在他们自己的衙署里会晤他们，替他们解决各种问题，打消他们的疑虑，宣示中央关切的诚意，这种飞行巡视，所贡献于国家的功绩，实在不是随便可以衡量的。

同时，全国地理和特殊情况的实际知识，凡是从前最高当局所没法知道的，委员长因此也都能了然于胸中了。和地方官吏，各处民众有了这种直接接触的机会，当他推进改良中国的计划的时候，更多了实地参证的可贵资料。其他官吏，以委员长为表率，争相仿效，虽范围较小，而成效则是同等重要的。彼此都因而消除了地方成见，把谅解为基础，缔结起敦睦的情谊来。

我们看了航空给蒋委员长政治工作的帮助，那么，其他各方面官吏所受到的良好影响，也可以类推而知。利用飞机，在中国

●不带军衔的“空军司令”

●1945年10月15日，在餐会中为美国第十四航空队队员签名留念

蒋宋夫妇召见在柳州空战中凯旋的空军战士并和他们合影

1931年9月21日，国民政府主席蒋介石与夫人宋美龄在国民政府接见来华救灾的美国飞行员林德伯格夫妇

尤加需要。我们的国境很大，距离又远，而一般的交通工具，都迟滞艰阻，所以每逢有紧急需要的时候，递信载客，不论远近，都得借助飞机。中国内政日渐调整，航空设备和机场建设，也会突飞猛进；而统一及和平的福利，也更能做有力的实现了。

如今于航空总站以外，凡是全国各城市，虽短距离间，也都筑有临时机场，必要时可随处降落，以策飞行的安全，日后并将随时增辟，原有的机场也将改良扩大。汽车行走必须有良好的公路，速率大，式样新的飞机，也同样需要精致的机场，上面有良好的跑道等等设备。中国不久以前，既没有飞机场，又没有飞机，但跟着时间的推移，航空建设已初具规模了；而过去的成绩，我们希望它不过是继续进步的基础而已。

国人的航空意识，现在非常发达，实为将来推进航空事业的佳兆。中国排除了纷乱的荆棘，进步为有秩序的国家，那么繁荣

20世纪40年代，蒋宋夫妇视察杭州笕桥航校

宋美龄向来华助战的美国航空队飞行员颁发纪念品

宋美龄与美国飞行员

也将接踵而来。航空交通的需要，同时势必激增，将来各大城市必定有精良的机场和航空交通的设备，到那时，中国在世界航空发达的诸国之间，也将获得相当的地位了。

#「中國空軍的母親」

中國第一位女性空軍司令

必須使中國的軍事力量現代化，需要戰鬥機。因此，這位只受過音樂、文學和社會美德教育的蔣夫人，便把許多時間花在有關航空理論、飛機設計和比較各種飛機部件優缺點的技術刊物上。她同外商洽談，訂購了價值兩千萬美元的產品。她從採購代理商進而成爲中國空軍司令，這在婦女中是沒有先例的。

蔣夫人成爲掌管空軍人員紀律的總監，她規定，在這支精選的部隊中，行竊者處以重刑。直到撤離南京勢在必行時，她還常在新聞稿上提到「我的空軍」。蔣夫人作了保證，中國空軍已準備轟炸日本的城市。

抗戰期間，宋家三姊妹共赴國難，宋慶齡、宋藹齡雖也從事孤兒濟養與傷患救助工作，但身爲第一夫人的宋美齡顯然更爲忙碌。爲了向國際間宣傳中國抗戰的意義與表現，她承擔了大部份接見外國官員與記者的工作，然後，夜間她也陪同婦女會人員，爲前方的將士縫製軍衣。爲了協助蔣公建立一支現代化的空軍力量，她更全力投身於航空理論、飛機設計與空軍訓練的研究。終於，憑著她的說服口才和組織能力，她爭取到美國國防部的支持，訂購了第一批屬於中國的飛機，並獲得飛虎航空隊的陳納德協助，爲未來的空軍發展奠定了基礎。由於蔣夫人與空軍有如此深厚的淵源，她後來曾被人稱爲「中國空軍的母親」。事實上，她對空軍將士的福利，最爲重視，對空軍的感情也最爲深切。

新闻《“中国空军的母亲”》

1936年12月12日，西安事变爆发后，宋美龄与外国顾问端纳同赴西安时在机场留影

第五章
不言放弃的妻子

余为妇人，世人必以为妇人当此境遇，必不能再做理智之探讨；故于必力抑个人感情，就全局加以考量。

上帝创造了一件新的事物，那就是女人保护男人。

——《圣经·耶利米书》31章22节

她和中国都懂得坚忍不拔的含义。

——美国《时代》周刊

西安事变爆发后，宋美龄亲赴西安，神情悲伤地走出飞机

1936年，随着日本帝国主义对中华民族的侵略日益加深，国民党政府内部的矛盾也日益加大，主张抗日的张学良、杨虎城多次力劝蒋介石放弃“攘外必先安内”的政策，停止“剿共”，均遭拒绝，于是决定实行兵谏。蒋介石在骊山一个小洞穴里被活捉，遭到了囚禁，史称西安事变。

在这一次兵变中，宋美龄发挥了极其重要的作用，她八面玲珑，周旋于几方之间，不但对局势了然于心，更明智地化干戈为玉帛，缓和了蒋介石与“抗日派”之间的关系，将复杂事件简单化，终促成了西安事变的和平解决。并为国共一心抗日打下了良好基础。

在宋美龄口述的西安事变回忆录中，我们可以看到一个心急如焚的妻子，一个当机立断的决策者，一个无比清醒的趋利避害者。

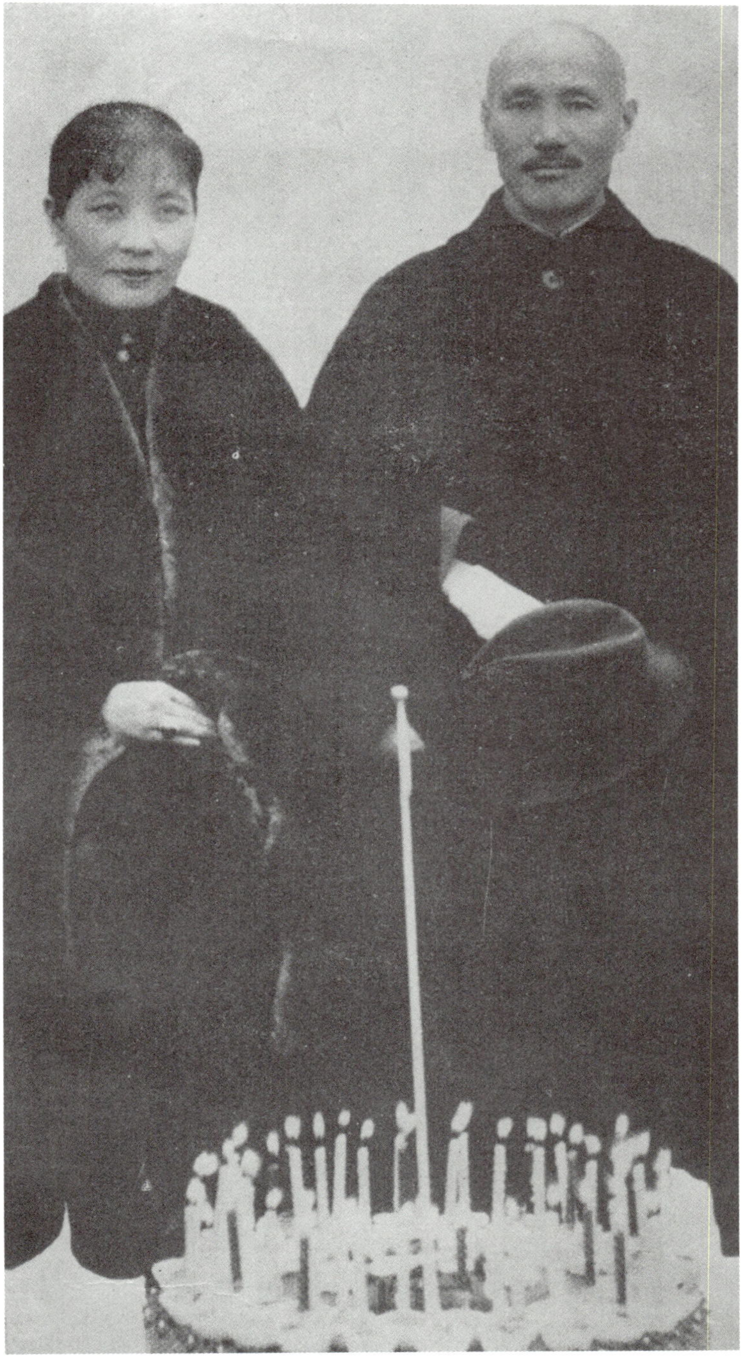

1936年蒋介石50岁生日。开展全国祝寿运动。这是摄于洛阳的一张照片。西安事变前，蒋介石在洛阳做寿

西安事变回忆录（节选）

外国作者有视西安事变为一滑稽之喜剧者，余则视此为决定我国命运最后一次革命正义之斗争也。盖去年十二月十二日以后，半个月内，西安事变之经过，其情状之复杂，决非中国既往一般称兵做乱之叛变所可比拟；而其关于国际与外交者，尤有特殊之形势，倘处置失当，即酿成民国以来空前之战祸。至其对于内者，则包涵个人与全国各种复杂问题，且有最猛烈之爆炸性蓄积于其间。今欲事后回溯，表现其准确明了之事实，固非易事；苟勉为之，首应排除个人之情感，以客观的态度，分析各方面同时活跃之经过，方能窥得其真相之全豹。

1. 西安事变之突发情状

余初闻余夫蒋委员长为西安叛兵劫持之讯，不啻晴天霹雳，震骇莫名。时适在沪寓开会讨论改组“全国航空建设会”事，财政部

西安事变前，蒋宋夫妇在陕西

西安事变前，宋美龄陪蒋介石谒黄帝陵

长孔祥熙得息，携此噩耗来余寓，谓："西安发生兵变，委员长消息不明。"余虽饱经忧患，闻孔氏言亦感惶急。时西安有线无线电报交通皆已断绝，越数小时，仍不能得正确消息，然谰语浮言，已传播于全球，骇人者有之，不经者有之，群众求知之心切，颇有信以为真者，世界报纸，竟根据之而作大字之标题矣。

南京虽为首都，其在黑暗中摸索之状况，不减上海。余偕孔部长及端纳（余已约彼伴余飞赴西安）匆促入都。时政府中人深受事变刺激，情态异常紧张。中央常务委员会及中央政治委员会已于星期六深夜开会，决定办法，立付执行；并将叛变首领张学良明令免去军事委员会委员及西北"剿匪"副司令职，交军事委员会严办。命令措词，异常严峻。京中已于是日晨接到西安发来之通电，署名者除张学良、杨虎城及其重要部将外，复有在西安之中央官吏多人。电中列举非难中央之事状，皆足令人发指者，并称彼等曾"涕泣诤谏，屡遭重斥"，故不得不"对介公为最后之诤谏，保其安全，促其反省"。最后提出自命为"救国主张"之八项要求，希望

蒋宋在陕西视察时游览石鱼景区

蒋宋夫妇与赴西安的随行人员合影

南京当局“俯顺舆情，开诚采纳，为国家将来开一线之生机”。至所列八项要求，则为：改组南京政府；停止内战（实际注重于“剿共”军事）；立即释放在上海被捕之救国联合会分子七人；释放一切政治犯；保障言论、出版、集会自由；开放民众爱国运动；实行（孙）总理遗嘱；立即召集全国救国会议。

2. 西安事变之生死关头

此我等于十二月十三日（星期日）晨抵京时，京中紧张迫切之状况也。此时当余之前者，不仅为余夫一人生死之关系，实关系

●宋美龄与端纳

●宋美龄抵达西安

全民族最重大之问题，其变化实易受热情与狂想之激荡，而余本人复系有严重个人之利害。第一念袭我心头，余为妇人，世人必以为妇人当此境遇，必不能再做理智之探讨；故余必力抑个人感情，就全局加以考量。继余复念，此事若处理得宜，必能得合乎常情之解决，余必坚持我主张，将一切措施纳诸合理轨范之中。

3. 西安事变之和平解决原则

中央诸要人，于真相未全明了之前，遽于数小时内决定张学良之处罚，余殊觉其措置太骤；而军事方面复于此时，以立即动员军队讨伐西安，毫无考量余地，认为其不容诿卸之责任，余更不能不臆断其为非健全之行动。军事上或有取此步骤之必要，委员长或亦悬盼此步骤之实现，然余个人实未敢苟同。因此立下决心，愿竭我全力，以求不流血的和平与迅速之解决。是非得失，将付诸异日之公论。

是晨八时前，余即电张学良，告以端纳拟即日飞西安，端纳亦同时去电，盼其即复。余等到处搜索消息，而消息始终沉寂；周遭接触者惟紧张之流露，形形色色之猜测；辗转传布，如飞沙，如雷震，诸凡捕风捉影之传说，眩人欲迷。时西安电线早已中断，不特西安之真相无从探索，而亦无人能一究事实发展与结果何如也。

余迭向京中诸要人剀切陈述：于未得确实消息之前，务镇定其态度，信任民众精神上之后援，勿采急遽之步骤。余主张：既未能确证西安将领别有企图，曷若姑信其言之由衷，一方面迅速搜寻其动机之真相。余曾作臆断曰：“或者彼等确有不平之情

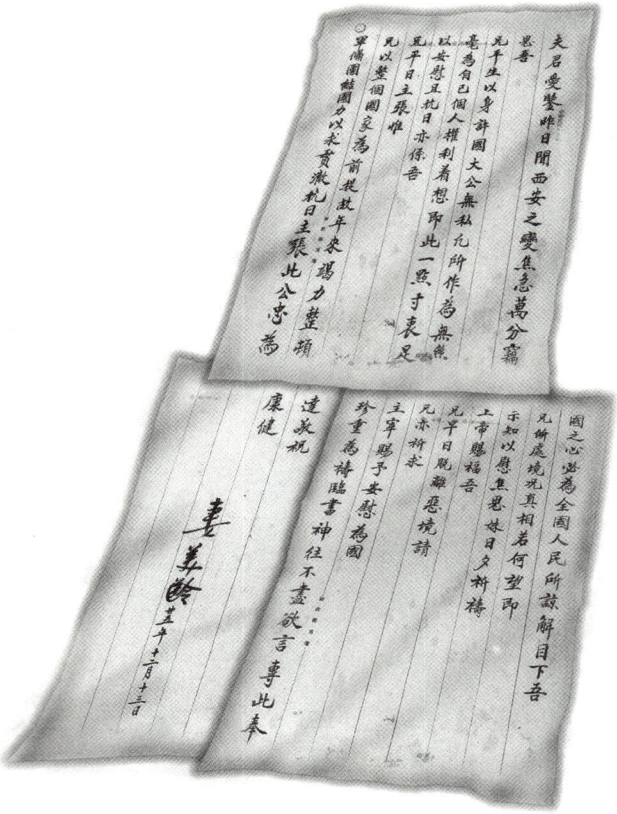

夫君愛鑒昨日聞西安之變焦急萬分竊
思吾
兄平生以身許國大公無私凡所作為無絲
毫為自己個人權利着想即此一點寸衷足
以安慰且抗日亦係吾
兄平日主張惟
兄以整個國家為前提故年來竭力整頓
軍備團結國力以求貫澈抗日主張此公忠為
國之心必為全國人民所諒解目下吾
兄所處境況真相若何望即
示知以慰焦思妹日夕祈禱
上帝賜福吾
兄早日脫離惡境請
兄亦祈求
主宰賜予安慰為國
珍重為禱臨書神往不盡欲言專此奉
達敬祝
康健

妻美齡 廿五年十二月十三日

西安事变中，宋美龄给蒋介石的手书

绪，而自谓其有相当的理由。一部分国人若对中央怀抱不平，中央应虚怀若谷，探索其不平之究竟，而尽力纠正之，同为国人，苟有其他途径可寻，又何必求军事解决也。”

4. 西安事变之信念益坚

然余个人于事变发动之初，即决心与劫持我丈夫之西安将领做正义之周旋，任何牺牲，任何代价，皆所不顾；至咒诅谩骂，则非所愿为。盖余深信，唯诚挚与真理乃能建树永久之基础。此为余生平之信念，遇西安事变而益坚。

今舍委员长外，更有人不明余所主张之理由，词色之间似谓“彼一妇人耳，仅知营救丈夫而已”。余乃详告诸人曰：“余虽为妇人，然余发言，绝非为营救丈夫之私意。倘委员长之死，果足为国家造福，则余必首先劝其牺牲。唯目前处置西安叛变，若遽张挞伐之师，径施轰炸，不独使举国所拥戴领袖之生命，陷于危殆，即陕西数千万无辜良民，亦重罹兵燹之灾，且将使为国防而建设之国力，浪作牺牲。故为国家计，不得不吁请诸公妥觅和平解决之途径。

“今日若遽用武力，确将危及委员长之生命，而国难严重如今日，在余心目中，在全国民众之想念中，委员长之安全，实与国家之生命有不可分离之联系，此余之所以主张必用和平方法以保证其安全也。”

余言既，复明告彼等即亲自飞往西安。群议哗然，以为不可，反对之声纷至。盖当时谣传，血与火充塞西安……而悲观者更以为委员长即未死，亦难幸免。故向余进言时，不曰余此去决无收获，即劝余勿做不必要之牺牲；不曰余去被囚，徒令叛变者多一要挟我夫之借口，即曰最少我投身做质，徒扩大事件之纠纷。悲戚、失望绕我四周，欲思索真理固难，欲坚持我信仰更难。余虽未受悲观者之影响，然亦不禁黯淡凄怆。尝自反问曰：岂我等求出生民于水火之努力，已至最后绝望时期耶！岂我等复兴民族，建立国家之计划，果将从此毁灭耶？深思终不得解，然余终坚持我信仰不舍。于是迷梦渐去，始恍然唯“信仰可以移山”，欲纠正一切错误，唯有坚持我对上帝及全人类之信仰耳。

5. 西安事变之曙光初现

十二月十四日（星期一）晚，始发现第一次希望之曙光，确证余主张之未误；盖端纳自西安来电，告委员长平安，居处甚适，彼正随侍在侧。该电复称张学良亟盼孔部长赴西安，尤盼余偕行。后又得张学良直接致余电，邀余赴西安，并保证无危害委员长之意。

…………

已而避免武力以求和平解决之希望，又微露其一线光芒；盖是晚接端纳来电，称已抵西安，向委员长及张学良转达我电话中之意旨，今西安将领已欢迎子文与顾祝同之入陕矣。于是余以和平方式营救委员长出险之主张，始得第一步事实之佐证。

6. 西安事变之勇入虎穴

余登机前，已熟闻各方危险之警告，即余本身，亦详悉西安城中军队之性质。但余启行时，神志清明，镇定坚决，绝无怯意。然冒险而入叛军统制之区域，能了解此危机之巨大者，当时固无人较余更深切也。

一星期来，今日独异常晴朗，然机抵洛阳上空，俛视机场，轰炸机罗列待发，心坎突增阴影。余下机与该地中央驻军及空军将领面谈后，即登机，坚嘱洛阳空军司令，未得委员长命令，切勿派机飞近西安。及机启飞，余渐感悬悬，不识前途如何。时飞机正在盖雪群山中循铁路线前进；过华山，远望如晶莹之冰山，闪烁作光；最后见平原，知近西安矣。端纳于白色山丛中遥指一方形城邑告余曰："彼处即为临潼，委员长被劫处也。"此时余万念蹙集，枨触若狂。俄顷，余等似已盘旋于西安及飞机场之上空。

飞机盘旋机场上空，乃未见机场中有迎候之车辆，只有三两守兵木立于其间。继思我等启行时所发之电报或未送达西安，因此折飞西安城上环绕数匝，引起城中注意。俄顷间，乃见车辆陆续向机场来矣。

…………

余入吾夫室时，彼惊呼曰："余妻真来耶？君入虎穴矣！"言既，愀然摇首，泪潸潸下。余强抑感情，持常态言曰："我来视君耳。"盖余知此时当努力减低情绪之紧张。时吾夫以背脊受伤，方卧床，面甚憔悴，因先加看护，缓言其他，使得少些舒适。此时目睹吾夫，负伤床第，回忆遇劫当时，黑夜攀登山巅，手足为荆棘与山石刺破，遍体鳞伤之状况，余实情不自禁，对于事变负责者，不能不深加痛恨矣。

吾夫言曰："余虽屡嘱君千万勿来西安，然余深感无法相阻也。今晨余读《圣经》，适阅及：'耶和华今将有新作为，将令女子护卫男子'句，今君果来此。"我夫历述被劫之经过，并称在劫持中，决不作任何承诺，因要求我勿以签订某种文件相劝。余告之曰："余本视国家福利重于吾夫之安全，幸勿虑我有强劝吾夫屈服之举。"

……吾夫述十二日晨经过情形时，感情冲动，不能自持，余即温慰之。出圣诗就其榻畔诵读者有顷，始见其渐入睡乡。

7. 西安事变之暮霭沉沉

张曰："杨及其部将不愿释委员长回京，彼等言，子文与夫人与我交谊甚厚，我固可自保生命，彼等将奈何？彼等责我使其牵入旋涡，并称所提之条件无一承诺，遽释委员长，岂非益陷绝境？明日将再开会。"余见其疲惫不支，知多谈无益，因曰："已将三时矣，明日可继续再谈，汝当去休息。"

此后数日，令人焦悚之问题益多，盖疑惧之军官，因急欲保证其本身之安全，随时有囚禁我等之可能。因此人抱不安，空气益呈沉默之紧张，剧变之发生，固意中事。即屋外监视之卫兵，似亦受此种心理之影响，盖当子文与余往来各室，与诸人会晤时，彼等咸现探询究竟之目光。余与子文惟一可以暂弛神经之法，为散步于积雪之前院中。院中各处皆有荷轻机关枪之守兵，日夜巡逻，以防外人之擅入；而院墙之外，更有大队之守兵，以防委员长之出走。仰首上瞩，天宇清朗，白日行空，此昭昭之青天白日，殆为此间唯一具有光明之物象。余二人绕院行，周而复始，守兵皆作怪异状，不辨我等有无用意；及闻我等发笑声，骇怪益甚，殊不知我等故意纵笑，以减去紧张空气之压迫也。

8. 西安事变之曙光前夜

圣诞夜转瞬至矣，是日一日间之前后形势，希望固迭生，而失望亦踵至。余告张学良，圣诞日为停战限期之最后一日，如今日不能释委员长回京，则中央军必开始进攻。我等固死，汝亦不能独免。此外，正如孔部长在南京所言，若于此日恢复委员长自由，不啻“赠国家以无价之圣诞礼物”也。张闻言，状甚踌躇，唯允当勉力达我期望；但彼既无多数部队驻于城中，城门又皆为杨部所把守，此为难耳。

圣诞之前夜，失望之成分仍较希望为多，直至深夜，谈判尚无结果，于是圣诞日至矣。每至圣诞日委员长即于被褥深处，呼“圣诞快乐”。余对此寒冷清晨，颇感不怿，然仍抑此情绪，欣然应曰：“祝君圣诞快乐。”时余不睹圣诞树，心殊怏怏；然深知在此颠危中，何来圣诞树？圣诞老人即过西安，亦将望望然去之矣。此念闪过我心头尚未消失时，忽见室门顿启，以委员长卧室之外，监视者始终看守，无论昼夜，不能锁门也。二仆人相随而入，每人手中各携一沉重之长物，酷似巨大的圣诞袜。审视，果为袜，唯为“高尔夫球”置棍之长袜，先见一袜，系一手提打字机，并系片祝余夫妻圣诞快乐；另见一袜，系一厚暖之旅行毯，是为致委员长者，盖余夫旧有旅行毯已在兵变时遗失矣。噫！圣诞老人竟来西安耶？而此老人竟与余等共居一屋中！彼昔为我先父之友，现常为我家之宾，亲朋皆呼为Gran，或呼为“端”。委员长仰首笑曰：“真老人至矣。”此为余首次在西安闻委员长之笑声。

西安事变结束后，宋美龄陪蒋介石到武康山休息

9. 西安事变之和平解决

圣诞阳光挟希望与快乐而俱来，然在上午，疑云仍未去。叛变者仍要求于释放委员长前必得其亲笔签字之令，而委员长坚持不愿落一字，且亦不愿发一言。余为助长勇气计，开始整理行装，希望于日落之前飞达南京。如以此作标准，则必于十一时半启行；及至十时，结果杳然。俄十二时半过矣，张来言："飞机已准备，然一切仍未决定。"至一时半，我等希望已粉碎，然仍不愿放弃。有人言曰："我等可先飞洛阳过夜。"余急应曰："然，余等万勿失望，若诚挚祷告，必能达我愿望。"时诸人皆奔走往来，状甚混乱。子文入新城访杨虎城，其他各人亦分头疏通，求解此结。然午后二时又至矣，仆人告曰："午饭已备。"但并无人来报消息，希望似绝，然我等仍进餐；既饭，希望似又复生。即有人建议曰："即四时启行，我等亦可于日落前抵洛阳。"因此我等决定下午四时为最后关头矣。三时晌未既，见张越庭院来，身后随一工役，荷一提箱，守兵皆露惊异状。时子文等方在各处向诸将领反复说明，即委员长在此决不能有亲笔命令，但返京之后余信其决不咎既往，以释其疑。然迄无消息传来，电话仍继续不断，交涉迄未完结。正焦虑间，子文忽入门，携来喜讯，城防司令杨虎城已同意我等成行矣。张曰："日云暮矣，曷勿明晨径飞南京？"余呼曰："尚欲等候耶？离此愈快愈佳！岂将等候彼等之改变态度耶？犹欲等候彼等之恐惧与妄念，而发生变故耶？当知今日为圣诞日。不！决不能作片刻留！应速行，毋再滞疑。"张忽又言："杨虽允我等行，然其部下多有未知，苟飞声传播，或有不稳；故我等虽行，仍应小心，请勿带侍

1936年12月西安事变和平解决后，宋美龄陪同蒋介石回到南京

媪。”余呼曰：“岂将留彼任变兵处置耶？我等离此后，真不知彼等若何结果。”张曰：“彼足可安全。”余曰：“否，彼等忠于我，余决不忍令彼冒此险。当余离京时，余曾告以此行危险万状，彼若恐惧，可不随行，后彼答余，愿随我至任何处所。”最后解决，余以此媪交黄仁霖①，始双方皆无间言。

余告委员长可以行矣，彼言：“且暂缓行，余等行前，须与张学良及杨虎城做临别训话以慰谕之。”因即召杨虎城；此时杨不在家，约候半小时后始至。张告委员长，彼已决心随委员长赴京，委员长反对甚力，称无伴行之必要，彼应留其军队所在地，并以长官资格命其留此。张对余解释：谓彼实有赴京之义务，盖彼已向各将领表示，愿担负此次事变全部分之责任；同时彼更欲证明此次事变，无危害委员长之恶意及争夺个人权位之野心。余等深知此次事变确与历来不同，事变之如此结束，在中国政治之发展史中，可谓空前所未有；张之请求亦有其特殊之意义，足使此后拟以武力攫夺

①黄仁霖（1901－1983），国民党高级将领，江西义安人。曾任国民政府新生活运动促进会总干事，联勤司令等职。

权利者，知所戒惧而不敢轻易尝试。故余与子文赞成其意，允其同行。余更愿在此特别声言，负责叛变之军事长官，竟急求入京，躬受国法之裁判，实为民国以来之创举。此中央政府之所以赦宥张学良，而为若干人所骇为不解之真实理由也。

当杨虎城率卫队若干人来时，空气益形紧张。彼偕张径入委员长室，立正敬礼。委员长邀其就坐，彼等皆屹然不敢动；余即进言，委员长尚病不能起坐，故不得不卧谈，如彼等就坐，较易听受，乃始勉就椅坐。委员长与彼等语，余即在座速记，彼等闻委员长诚挚之言，余从旁察觉彼等容态，实显现一种非常感动与情不自禁惭愧之色。

谈话约半小时始毕，时已四时余矣。急整装行，委员长与余偕张学良共乘一车，张径就车之前排坐；子文、端纳与杨虎城另乘一车。车抵飞机场，径开至张坐机之门旁。机已开热备用，一声怒吼，离地腾空上升，余夫与余乃向西安作愉快之告别。是夕安抵洛阳，祝颂圣诞佳节。此日之纪念，不惟恢复委员长与余之自由，而中国全民众解放之基，实亦肇于此乎！

抗战中，宋美龄为前线官兵编织劳军物品

第六章 战火中的爱国者

这一种民族的忍耐性和坚韧力，既已使我们造成了伟大的过去，当然的，它也能保证我们今天的成功和将来的发展。

我们的军队没有畏怯，充满着歼敌的决心。

只要我们能坚持信仰，始终不渝，日本军阀决无征服中国的可能。我可以断定他们不能。我们认识敌人的实力，决不夸张。我们无疑地将历尽艰难，然而我们的血，不至于白流，牺牲也决不是没有代价的。

我们将尽最大努力战斗到最后一刻。我们并不期待打赢很多战役，但是我们坚信会打赢这场战争。

穿越死亡的底谷，饱受世态的炎凉、黑暗的动荡和人际的绝望，我依然相信，当夜的黑暗消失殆尽，黎明的曙光终会姗姗而来。

西安事变后一年，中国共产党和中国国民党达成了第二次合作，国共双方一致对外，形成了抗日民族统一战线。其中，宋美龄领导的妇女运动和中国共产党领导的妇女解放运动也结成了妇女界统一战线。

为了抗日的共同目标，宋家三姐妹再次相聚，站在了一起。

1940年，宋美龄参加重庆街头的一次妇女活动

从艰苦中缔造崭新的民族

1938年3月15日

我们从今天三月十五日起发动抗敌运动大会三天，包含有发扬民族精神重大的意义在里面。这三天就分别表现我中华民族当前最急迫的三种需要，我们要唤起同胞一致的注意，一致的奋起。第一天是新运日，要全国同胞切实实践新生活运动的信条；第二天是抗敌日，要全国同胞继续坚强他们抗战的决心和毅力；第三天是建国日，要全国同胞在日寇凶残破坏的瓦砾堆中，筹划怎样可以重建我广博繁荣的新国家。我们同处在一个遭遇大难的国家中，受苦受辱的人们，应该上下一心，大家联合起来，激励我们爱国的热忱，鼓足我们奋斗的勇气，贡献每一个人的精神力和物质力，向着独一无二的目的迈进。我们要从困苦艰难中缔造出一个崭新而坚实的民族。横暴的敌人，口出大言，要我们屈膝，要我们屈服，现在我们应该让敌人明了，同时也让全世界明了，在我们同胞所流

宋美龄、宋庆龄在重庆郊区会见外国友人

的血泊中，在我们城市村墟的灰烬中，已诞生了一枝新民族鲜丽的苞蕾。我们要让他们知道这个新生的中华民族，是在日新月异的缔造起来，战争破坏不了她，在战争中她越发聪明，越发勤勉，越发爱国，越发勇敢。我们中国人，从上古一直到现在，不知道经过了多少次天灾人祸的动荡；不论怎样长期的变乱，我们都很顺利的撑持过去了。悠长的数千年中，世界上的国家，有的兴起来，有的灭亡了；可是我们却能维持着我们的文化，保持着我们的完整，直到今天。这一种民族的忍耐性和坚韧力，既已使我们造成了伟大的过去，当然的，它也能保证我们今天的成功和将来的发展。我们应做什么？我们要做什么？没有别的原则，只有“继续奋斗”四字可以

宋美龄倡导献金救国救助伤兵活动，亲自前往救助站捐款

尽之。我们若能尽我们的力量来实行新生活的原则，我们若能尽量发挥合作的精神，各尽公民应尽的责任，对于一切社会问题，民族问题，各尽精诚互助的挚意，光明的前途，当然会显现的。我们有这素质，有这能力，有这品性，过去奋斗成功的成绩，已完全给我们证明了，当然这一次决不会失败的。

新生活运动最初发动的时候，民众像久渴得饮那样地热烈接受它；政治统一的完成，全国人民，哪一个不兴高采烈，引以自豪，认作永远和平与繁荣的前奏。新的改革，到处在哪里实现，省和省间因地域距离所生的歧视，全都消灭了，而省和省间的交通因此也普遍地发展了起来；混乱纷争的局面，渐渐上了轨道，而政治上、社会上、经济上到处表现着切实的合作。我们已经确实能够相信我们政府是在诚心诚意给民众造幸福，从此不间断的进步，是很有把握的了，不料日本在这时候，突然向我们袭击，顿然使我们和平的希望打得粉碎。我们所陷入的这个战争，现在全世界都已看到，是人类有史以来，最残暴最野蛮的战争。他们把一切疯狂怨毒，尽量加到我们身上来，我们当然要抵抗；我们虽没有作战的准备，可是不抵抗就没有幸存之路，所以一直到今天，我们还抵抗不懈，并且决心要抵抗下去。我们知道，一旦停止抵抗，民众立成奴隶牛马，国家也就失掉她的存在。我们的国家受人侮辱，我们不得不战；我们几百万同胞受人屠杀，几千万同胞奔走逃亡，流离失所，我们不得不战；我们几十万姊妹，受人蹂躏摧残，蒙千古未有的垢辱，我们不得不战；我们好多省区内，城市村镇的房屋尽成了灰烬，我们所有文化和实业的基础，差不多全被破坏，我们不得不战；全世界有史以来未有的奸淫掳掠，到处横行，其目的欲扫荡我同胞仅余的生活基础来满足这些军装强盗的兽欲，这种有计划大规模的盗匪行为泛滥全国，我们更不得不战。世界上许多一等国家的政府，竟能坦然接受日本军队这种灭绝人道，破坏法纪的行为，真使我民众瞠目结舌，大惑不解。更使我们奇怪的是：这些国家的政府，竟连他们自己的利益也不作保护的准备，竟连发起集体行动以制止日本暴行的举动，也一点没有迹象。他们没有举动，当然也有他们的苦衷，各国政府的态度，虽足令人失望，可是我们民族所遭遇的，这种奇惨现象，却已震动了整个文明世界的人类，认识了日本的凶残真面目，这也是我们可以引以自慰的事情。英领各属和美国人民特别对我同情，自动斥责日本在中国的兽行，纷纷起来抵制日货，各国的民众团体和慈善机关，并把医药人才、材料、用具等源源接济我们，帮助我们来救济这一种空前的灾难，表示他们十二分的同情。就是我个人，收到各国寄来的信件也有好几千封，有的安慰我们，有的鼓励我们，有的为我们祈祷，他们所表示的情感是怎样的诚挚。他们一致信任我们的抗战必得最后的胜利，这信任是那样的坚定，真使我们万分感激，万分受到鼓励。世界上文明国家的民众，是尽他们的力量在帮助我们困苦的争斗，我们信任他们，一定会永远这样帮助我们的。

外国朋友和外国同情者的这种举动，一方面使我们感激，一方面也鼓励我们抗战的决心，鼓励我们对于后方民众应该怎样的救护和救济。难民问题便是一个日见严重的大问题，无数的群众从这一区域流浪到那一区域，各区域中，因难民人数的激增，咸有人满之患，到处遭遇不易解决的问题。农村区域虽能无形中吸收大部分的难民，可是大多数的流浪者还迫切的等待着救济。这种非常局势的展现，既需要有步骤有组织的规划，而一切慈善救济团体更应合作联络，以应付这空前严重的局势。我们的责任异常重大，我相信大家已抱定决心，鼓足勇气来共同负担这一个救国救民的艰巨工作。我们要征服当前这样巨大的灾厄，当然需要种种精神的条件，不独对我们的敌人，我们要有坚强的勇气，来发挥我们的抵抗力，就是对于内部工作，也要有非常的勇气和忍耐，去克服种种的困难。我们自己和平勤劳的民众，给敌人侵略暴力所压迫，一区一区的退向后方，因此我们的责任也一天一天加重，而我们力量和爱国心的测验也一天一天严重。我们要不负这种委托，不独需要物质上与精神上的勇气，并且也需要明彻的觉悟，断然放弃一切自私自利的观

宋美龄倡导战时儿童保育工作，这是她在重庆出席战时儿童保育会一届院长会议

念。目前最紧要的是，最高度的断然合作，准备尽我们的力量，从事一切福国利民的事业。这时期绝对不能容许再有个人名利的观念，更不容许发生任何私人间的摩擦和怀疑。我们要贡献我们一切的所有，来完成唯一的目标，我们应有统一的信心，这目标就是救国。这一次的国难，或陷我们于万劫不复的绝境，或使我们获得意外的福利，现在都在未定之天，一切只在人为：倘若我们不能合理地处理我们所担负的一切责任，大混乱势所难免；倘若我们能应付得当，则虽偿付了鲜血和数年困苦的代价，我们必得最后的胜利。这个战争是强迫加到我们身上的，这一种人类可怕的屠杀，竟因莫须有的理由而任其横行，真是文明的耻辱！但我们可不必灰心，不必颓丧，应认定这战争已撼醒了我们的沉迷，扫除了我们传统对于政治淡漠的习惯。我们以前地方间的摩擦永远是统一的障碍，现在这障碍居然完全扫除了。扫除它的主动力量，不仅是政治认识的进步，不仅是交通建设的完成，实在也是这次战争的刺激。我们看，现在不仅是来自各省的军队立在一条阵线之上，一个命令之下来负担抗战的责任，全国几十省区的民众也团结成了一个整个的集团，就是各省流亡的难民，虽辗转他乡，却也像家人父子般团结起来。全国民众能这样放弃一切言语思想情感上的不同，大家团结起来，究竟对中国的贡献如何，凡有思想的人都可想象得到的。日本把我全国化为灰烬，化为瓦砾场，我们就在这灰烬，在这瓦砾场中，建造起一个伟大崭新永远统一团结的民族。我们有这志愿，必能完成这个任务的。我们若能抱定决心，大家手携手的联合起来，尽我们的力量，帮助前线抗战的弟兄，继续抗战下去，帮助后方被难的同胞，发展他们生产的力量，我们打退侵略者，实在是不成问题的。

宋美龄陪同蒋介石视察重庆防空洞

我们只要现在下个决心，决心尽我们的责任，决心鼓起勇气战败我们的敌人，当然我们就能把新中国建设起来。

我们当前的问题，当然很多，可是最需要我们深长考虑，缜密计划的，还是建设问题，此中更重要的是人力的动员。这问题在各国本也是一个重大的问题，可是中国在今天，经日本一再摧残之后，这问题的严重，尤其需要负责者的苦心考虑。这战争无疑的将延长下去，所以我们今日必决定一个永久的计划，倘若难民问题有适当的解决，那么人力动员以及其他问题也就迎刃而解了。我们一定要生产大量的粮食，一定要节俭，一定要刻苦，我们要贡献所有的积蓄和力量。我们自己这样做，也就鼓励着别人这样做，也就能感动我们在外国的朋友和同情者，继续帮助我们，供给我们大量的金钱来援助大批受战争影响无以求生的受难同胞。这种救济不独为中国保实力，也是为世界保实力。因为中国被摧残区内的群众，若丧失了他们生活的基础，也就丧失了他们的购买力和生产力。他们购买力和生产力丧失了之后，世界各国的商业发展，就失掉了一个吸收其商品的巨大市场，这损失何时可以恢复是无法预计的了。这种现象是日本所急于希望实现的现象，所以他们每占领一区域，故意用种种残暴的手段，压迫当地的民众，摧残他们残余的生活基础。他们想用有史以来所未见的这种卑劣盗匪行为来增加中国的贫乏，来摧残世界的贸易，使我们难民伤兵永远无容身之地。日本凭藉他们的优势，毁弃国际公法和文明的信条，在中国来遂行这种不人道的行为，其影响世界，造成混乱局面的后果，实足惊人。然而我们必坚守我们的立场，争取最后的胜利。日本毁弃公约促成战争，我们当然不能负任何责任，可是因这战争而造成的种种苦难，我们却应该勇敢地担负起解救的责任。我感到，我们中国的妇女，更应该负起这种救济救护的责任，参加到全国决心坚持，决心奋斗的阵线中去，共同努力。尤其是一般智识阶级，这是他们表现领导地位的机会，一切组织，一切活动，都需要他们的协助。后方民众能个个担负起他们的责任，足以使前方将士更坚定了他们抗战必胜的信心，所以全民一致的合作，实为获得最后胜利的必要条件。

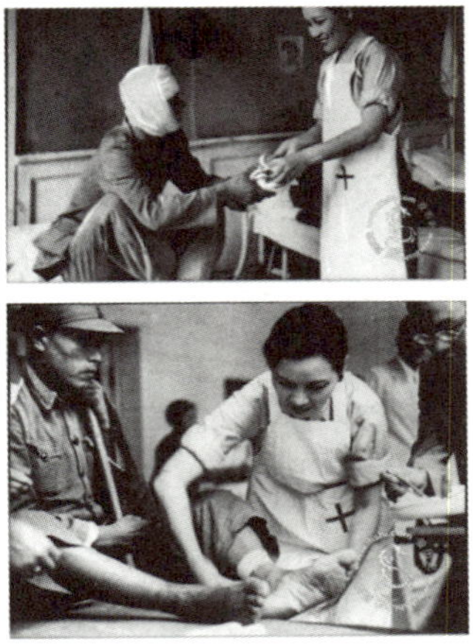

宋美龄为伤员包扎伤口

正义的援助

1940年4月18日对美国的广播讲话

美国的朋友，祝你们早安。我只用几分钟的时间对孔夫人的话补充几句，我所说的话，是要请一切爱好自由的人们知道中国应该立刻得到正义的援助，这是中国的权利。中国为了正义，已经经过了将近三年的流血和困苦的奋斗，我们请你们制定美国法律的国会议员，对下列两件事，必须做到一件，或者是对于侵略不再表示恐惧，或者停止鼓励侵略的行动，也就是对日禁运汽油、煤油以及其他战争原料。

我们并不是没有放弃战斗的可能，但我们仍旧在这样困难坚苦的情形之下，不怕挫折，为着自由而继续抗战。我不知道贵国的国会议员，曾否想到，万一中国被日本军阀的武力征服了将发生何等的情形？结果是很明显的。日本军阀将保有它完满的海陆空军实力，并且可以利用中国的领土、人力和资源，来和民主国

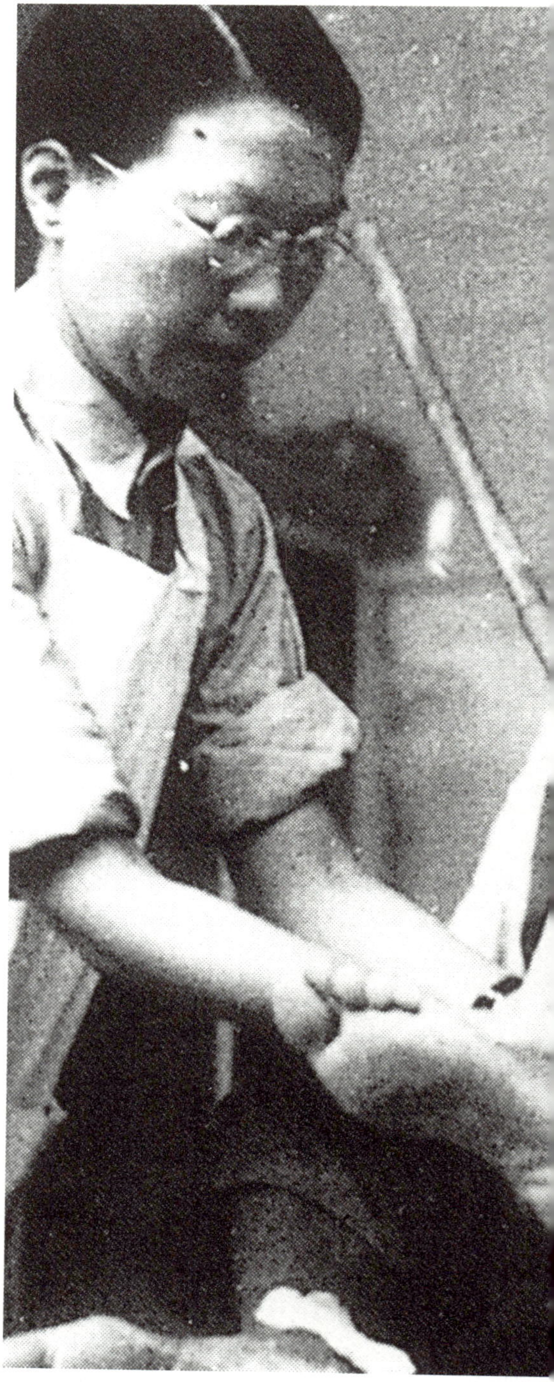

●宋美龄视察野战医院时为伤兵包扎伤口

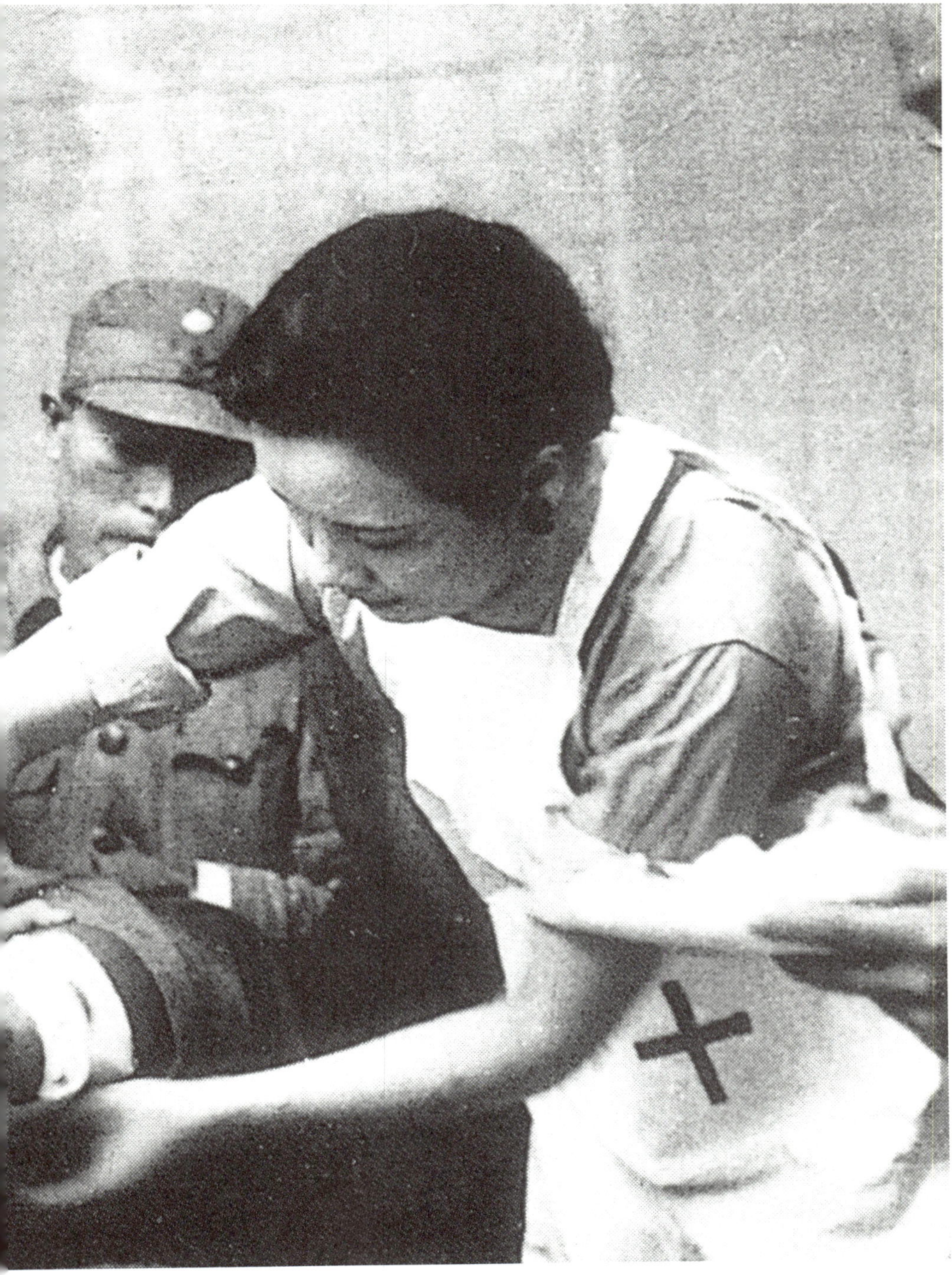

●宋氏三姐妹一同泛舟嘉陵江

家为难，日本军阀曾给民主国家以强大的打击，抢夺印度支那、缅甸、马来群岛、荷属东印度、澳洲（大洋洲）和纽西兰（新西兰）等地，日本军阀也许不会占领菲律宾，它相信只要它不侵犯到美国的领土，不论美国国民作何感想，美国国会议员是不会采取反抗日本军阀的步骤的，可是它能够整个的控制太平洋，攫夺了那些地方，所有的资源，让它去支配，这样它就不再须要美国这个市场，不必向美国购买汽油煤油，以及其他的东西，这几年来理应急剧崩溃的民主主义，由于中国的坚强抵抗与牺牲而得以避免了。若果美国继续帮助日本军阀，竟使日本军阀在东方逞它的野心，那么事态的开展，就不堪闻问了。

宋美龄推动成立“妇指会”支援前线。她身体力行，为将士缝补衣服

抗战中，宋美龄在重庆发起“棉衣运动”支援前线。这是她在视察棉衣等军需物资情况

1940年4月5日，宋氏三姐妹一起出现在重庆公共防空洞前

抗战期间，宋氏三姐妹共同出席对外宣传抗战广播的仪式

重庆大轰炸后，宋氏三姐妹手拉手在断壁残垣中艰难地行走

假使不幸而发生这种情形，一定有更可怕的结果！据说日本的海军，正在疯狂地加以扩充，秘密建造了几艘大型的战舰，一有机会，它侵占荷属东印度是很容易的举动，日本军阀如存心为此，机会是一定有的，它幸灾乐祸地预料荷兰会牵入欧战的旋涡，你们就可以看得出它的用心，你们并可以明白它那种无法隐藏的阻止列强保护南洋群岛的计划，苟日本军阀的阴谋得逞，那就是它更进一步地完成了“田中奏折”中所预定的野心。如果列强不认清援助中国抗战的重要，日本是有获得这种侥幸收获的可能，由于我们对日本军阀侵略的抵抗，我们已把它的军队牵制在中国的泥沼之中，而使它动弹不得，只要能给我们以正义的同情，到相当时期，一定能使他们完全失败，然后它就根本不能助长人类的祸患，摧残民主主义和人道正义来扰乱世界的安宁。那时节，世人将会公认我们的功绩对于整个人类是怎样珍贵的贡献，问题只在能不能对我们表示正义的同情，这个问题只能让美国人民美国国会议员给我们一个答复，炸弹的爆炸声，虽使中国的同胞震耳欲聋，但是仍旧渴望着听一听贵国方面的复答。

宋氏三姐妹和孤儿们

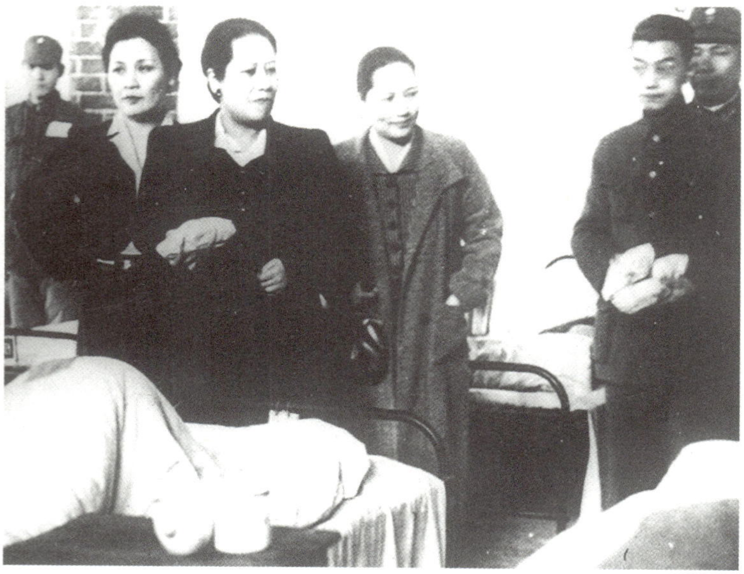

宋氏三姐妹在重庆视察伤兵医院

1942年，宋氏三姐妹在重庆发起“献机爱国运动”。三姐妹在街头进行宣传

1939年4月8日，宋氏三姐妹视察刚刚被轰炸后的重庆街头，步出中苏文化协会

1945年12月，宋美龄、蒋介石与美国总统特使马歇尔在官邸

第七章
完美的外交家和演说家

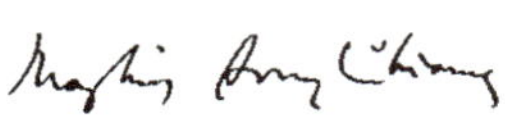

我从血与火的悲惨境遇里，敬向你们表示诚挚的敬意，

并且深深地感谢你们竭力想法帮助艰难困苦的我们。

她所要的是什么？是为了整个地球上的人类。

——诗人兼记者[1]卡尔·桑德堡

蒋夫人对东方可以代表西方，对西方可以代表东方，吾人能有蒋夫人其人，深信双方必能如弟兄手足，真诚合作，达到最后胜利。

——维斯理学院前校长 麦克菲女士

不仅盛极一时，抑且并世无双。

——美国总统夫人 埃莉诺·罗斯福

蒋夫人演讲时态度之优雅，解释世界局势之透彻，运用英语之流利灵巧，不但使每一听众能了解其意义，且能与其抱取同一见解，莅美外宾之影响美国民众者，从无若蒋夫人之甚!

——美众议院外交委员会主席 勃罗姆

对美国人来说,她是中国贫民的公主,在中国的美国女儿。

——美国作家 斯特林·西格雷夫[2]

①美国诗人兼记者，写过《林肯传》，当时在《华盛顿邮报》上发表此言。
②美国作家，曾出版《宋家王朝》。

1943年2月18日，宋美龄抵达华盛顿时，受到议员的欢迎

在漫长的抗日战争中，宋美龄慰劳士兵，鼓励并引导妇女运动，同时更重要的是，她化身为国际播音员和演说家，广为宣传中国的艰难抗战，呼吁全世界来制裁日军的暴行。

1942年11月，宋美龄重返已睽违四分之一世纪的“第二故乡”——美国，也掀开了她个人历史上最流光溢彩的一页。

宋美龄以糅合佐治亚洲与波士顿口音的流利英语，以动人的

1942年2月9日，蒋介石、宋美龄在印度总督府与林里资哥总督夫妇等合影

1942年2月，蒋氏夫妇访问印度时，与圣雄甘地（右二）的合影

1942年2月，宋美龄与蒋介石在印度与甘地合影

坦率态度，向充满好奇的美国人讲述中国。1943年宋美龄在美国众议院的演说惊艳全场，以旋风之姿迅速征服了美国上下。她所到之处，赢得了人们的鼓掌欢呼和慷慨解囊支援中国抗日战争，美国国会更顺势废除实行已有六十年、恶名昭著的“排华法案”，提高美国华人地位。接着，宋美龄又访问加拿大，进一步扩大中国抗战的国际影响。

1945年日本投降。1948年，当宋美龄再次飞往美国谋求援助，希望美国能够能为国共内战中的国民党提供帮助，结果遭到了冷遇。

1943年6月17日，宋美龄访问加拿大时与加拿大总督夫妇合影

1943年2月，宋美龄访问加拿大时，步出国会大厦时挥手致意

1943年3月30日，宋美龄举行茶会招待美国妇女界代表时，接受呈送的访美报道剪纸

1943年3月26日，宋美龄访问旧金山时与记者见面

开罗会议期间，宋美龄与蒋介石参观当地清真寺

开罗会议上宋美龄和丘吉尔合影

蒋宋夫妇出席开罗会议

致美国魏斯里[①]母校的一封信（节选）

1938年5月

我在一九一七年离开魏斯里的时候，世界正在大战。我们躲在学校里的若干岁月中间，战争所给予我们的，还只是一层微

宋美龄返回母校维斯理学院

①即维斯理学院。

母校维斯理学院向宋美龄颁授名誉博士学位

出访美国时的宋美龄。这是美国《时代》周刊专门为宋美龄拍摄

薄的阴影。接着我们就被摈于真正的幸福生活——学校生活之外。如今，更进一层，侵略已降临到了中国，我便是身受其中的一人。然而你们，魏斯里一九三八级的同学们，还没有切身感受到这种苦难。我由衷地愿望，战争的祸患永远不波及美国，而你们，也永远受不到与侵略俱来的、由现代发明所残酷化了的野蛮灾难。

我们亲爱的母校，供给了我们学识，训练了我们人格，以及树立了我们对上帝、对社会、对人类的忠信，送我们到这世界的洪炉里，是要试验我们究竟有没有建造地上乐园的能耐。我们到底能有多少供献，还有待于将来事实的证明，但我可断定，魏斯里的女儿们，在任何环境之下，总会竭尽她们的全力的。

你们在魏斯里，此刻还雍雍肃穆，我的四周却响着大炮的巨声，而且这声音一天一天往我迫近而来。我的精神辽远地飞越了太平洋重重的碧浪，到你们身边，略申微意。我还赠送你们一些物质的纪念品，一些中国特产的杯盏，好让你们在千里外与我共进一觞。祝福你们。

余在幼时曾来贵国，认识贵国人民，并曾与之相处。余在贵国度过余身心长育之时期。余操诸君之语言，不但操诸君内心之语言，且操诸君口头之语言。故今兹来此，亦有如见家人之感。

“手足”一词，在中国恒用以表示兄弟间之关系。国际间之相互依赖，今既已如此普遍承认，吾人岂不能亦谓一切国家应成为一集合体之分子乎?

我中国国民，正与诸君相同，不仅为吾人本身，且更为人类全体，希望有一较佳之世界；实则必须有此较佳之世界。

1943年2月18日，宋美龄在美国众议院发表演说

1943年，美国众议院议长雷朋致辞介绍宋美龄

宋美龄在美国阅读日本无条件投降的英文报道

1946年5月，宋美龄陪同蒋介石在官邸会见来华访问的美军元帅马歇尔（左）和艾森豪威尔

在美国众议院的演说

1943年2月18日

议长、美国众议院诸位议员：

无论何时，余得向贵国国会致辞，实属荣幸；尤在今日，余得向一庄严伟大之团体，对于世界命运之形成有绝大影响，如贵院者致辞，尤属特别荣幸。余向贵国国会演说，实际上即系向美国人民演说。贵国第七十七届国会，以代表美国人民之资格，对侵略者宣战，已尽其人民所信托之义务与责任。此为人民代表之一部分职责，早已在一九四一年履行。诸君当前之要务，乃系协助争取胜利，并创建与维护一种永久之和平，俾此次遭受侵略者之一切牺牲与痛苦，具有意义。

在未申论本题以前，愿将关于余此次行程略述一二。余自祖国来至贵邦，长途跋涉，观感深切，趣味浓厚。以言余之祖国，则流血牺牲，肩荷抗战之负担，不屈不挠，已逾五年有半。虽然，余并不拟申

宋美龄与美国总统夫人埃莉诺·罗斯福在白宫南草坪前合影

述中国对于共同努力，从残酷与暴行中解放人类所尽之贡献。余试将此行所得之印象，略向诸君陈述。

余首愿确告诸君，美国人民对于分布全球各地之美国作战壮士实足以自豪。余尤念及远处异域偏僻区站，生活至感寂寥之贵国壮士。盖此辈任务，既不能有显赫之表演，亦无振作精神之战事，而系日复一日，仅奉命担负其例行任务，如守卫防御工事，并准备抵抗敌方可能之蠢动而已。有人曾谓，亲临阵地，出死入生，犹易于日复一日担任低微单调之工作，余之经验亦复证实此言。然而后一种工作，对于抗战之获胜，正与前一种同属必要。贵国若干部队，驻扎在遥远隔绝地点，非平常交通所能到达。贵国若干壮士，必须用临时赶筑之机场，飞行海面，经数百小时之久，以搜寻敌方之潜艇，往往一无所遇，废然而返。

宋美龄在美国好莱坞音乐厅演讲的盛况

贵国此辈健儿，以及其他壮士，均系作单调乏味之守候，日复一日之守候。但余曾告彼等，真正之爱国心乃在具有能忠诚执行日常任务之士气与体力，庶使在最后结果中最弱之一环，亦即为最强之一环。

贵国士兵，已确实表现，能沉着坚毅忍受思乡之苦，忍受热带之干燥与酷热，并能保持其准备随时作战之强健身体与精神。彼辈亦属此次战争中无名英雄之列。凡足减轻其烦闷，振奋其精神之一切可能措施均应一一采取。此项神圣责任，自在诸君。就美国军队之饮食而言，固较任何他国军队之饮食为优，但此非谓彼等可长此专恃罐头食物，而健康上不至感受任何影响也。以上所举，殆为战争中之轻微困苦；若一念及世界上许多地方尚有饥馑流行，则更觉上述困苦之为轻微。虽然，天下事亦有难言者。扰人心灵使人烦闷者，往往并非为生存之主要问题，而系琐细之刺激，尤其是在单调无聊生活中所受之琐细刺激，足以令人性情暴躁，心魂欲裂。

余在此次行程中所获之第二印象，即美国不仅为民主制度之洪炉，而且为民主主义之胚胎。余参观各地时，曾于数处晤见贵国空军根据地飞行服务人员，在此辈人员中余即发现有为德、意、法、波、捷及其他国籍人民迁往美国后所生之第一代后裔。其中数人，乡音之重，殊难言喻。然而彼辈固共同远征在外，悉数为美国人，悉数忠心于共同之理想，悉数为同一目的而奋斗，悉数为同一崇高宗旨而精诚团结，既不彼此猜疑，亦不互相竞争。此一事实，益加强余向所抱持之信念与信仰；即对于共同原则之忠心，可以泯灭种族之差异，而且各种理想之相同，乃是对于种族分歧最强之溶解剂。

因是之故，余此次抵达贵国，不特衷心毫无惴虑，而且具有一种信心，即美国人民正在建立与实施一种确系其祖先所怀抱之立国典型。此种

宋美龄在美演讲

信心，益见加强而证实。诸君为美国人民之代表，目前有一光荣机会，使汝祖先之开国工作，发扬光大，超越物体与地理限制之疆界。诸君之祖先曾以大无畏之精神，冒不可思议之困难，筚路蓝缕以开发一新大陆。现代人士，无不赞美其精力过人，宗旨坚定，以及成功卓著。诸君今日，当前正有一更无限伟大之机会，可以赓续发挥汝祖先所怀抱之理想，并协助完成解放全球各地人类之精神。为求完成此项目的计，吾侪身属联合国家，必须尽力加强作战，俾联合国早日获得最后彻底之胜利。

中国著名兵家孙子有言，“知彼知己，百战不殆。”吾人另有一谚语云：“看人挑担不吃力。”

此等名言，来自明哲久远之古代，实乃每一民族所共有，然而仍有一种轻视吾敌人力量之趋势。

当一九三七年日本军阀发动其全面对华战争时，各国军事专家，咸认中国无一线之希望。但日本并不能如其所曾夸称，迫使中国屈膝；于是举世人士，对此现象，深感慰藉，并谓当初对于日本武力，估计过高。

虽然，自日本对于珍珠港（Pearl Harbor）、马来亚（Malaya）[①]，以及南洋一带加以背信无耻之袭击后，战争之贪狂火焰，弥漫太平洋上，而各该地域，相继失守，一时观感，遂又趋向另一极端。于是怀疑忧惧之狰狞面目乃大暴露。世界人士由此遂视日本人为尼采（Nietzsche）所称之超人，在智力上与体力上均超越于其他国人。其实此项信念，乃古皮诺[②]（Gobineaus）派豪斯敦、张伯伦[③]（Houston Chamberlain）派，以及其得意门徒纳粹种族主义派，对于诺逖克族[④]（Nordics）所发挥者。

不宁唯是，就现时流行之意见而言，则又似认为击败日本，为目前比较次要之事，而吾人首应对付者，则为希特勒。但事实证明，并不如此。且即为联合国家整个利益着想，吾人亦不宜继续纵容日本使其不独为一主要之潜伏威胁，且为德玛克利斯（Damocles）[⑤]头上之悬剑，随时可以降落。

吾人慎勿忘日本今日在其占领区内所掌握之资源，较诸德国所掌握者更为丰富。

吾人慎勿忘如果听任日本占有此种资源而不争抗，则为时越久，其力量亦必越大。多迁延一日，即多牺牲若干美国人与中国人之生命。

①马来西亚联邦西部土地，即位于马来半岛的部分的旧称，又称“西马来西亚”。

②约瑟夫·阿瑟·戈宾诺（1816－1882），法国外交官、作家、人种学者和社会思想家，提倡种族决定论。

③休斯顿·斯图尔特·张伯伦（1855－1927），德国英裔政治哲学、自然科学及瓦格纳传记作家。《十九世纪的基础》是后来纳粹种族政策的重要文献来源。

④北欧人。

⑤达默克利斯。

吾人慎勿忘日本乃一顽强之民族。

吾人慎勿忘在全面侵略最初之四年半中，中国孤独无援，抵抗日本军阀之淫虐狂暴。

美国海军在中途岛（Midway）及珊瑚海（Coral Sea）所获得之胜利，其为向正确方向之前进步骤，显然无疑，唯亦仅为向正确方向之前进步骤而已。盖过去六个月在瓜达尔卡纳尔（Guadalcanal）之英勇作战，已证明一项事实，即凶恶势力之溃败，虽尚需时而费力，最后必将到来。吾人站在正义与公道方面岂无英、苏与其他英勇不屈之民族为吾人忠实之盟邦乎？唯是日本侵略恶魔继续为祸之可能，依然存在。日本之武力，必须予以彻底摧毁，使其不复能作战，始可解除日本对于文明之威胁。

贵国第七十七届国会，向日、德、意三国宣战。就其在当时而言，贵国国会确已完成其工作。就今日而论，则有待于诸君。诸君为贵国人民之代表，当有以指示取得胜利之途径，并协助建立一新世界，使一切民族此后得相处于融洽与和平之中。

余岂不可希望，美国国会之决心，乃在尽力于创立战后新世界，乃在尽力于准备水深火热之世界所殷切期待之较光明前途乎？

吾人生于今世，有为吾人自身以及子子孙孙建立一较美满世界之光荣机会。所应牢记不忘者，即一方面固不可抱持过高理想，另一方面却亦必须具有相当理想，庶几未来之和平，在精神上不至成为专对战败者之惩罚，在概念上不至以一区域或一国家甚或一大陆为对象，而以全世界为范围，而其行动亦必须合乎人道主义。盖现代科学，已将距离缩短至如此程度，以致凡影响一民族之事物，势必同时影响其他一切民族。

"手足"一词，在中国恒用以表示兄弟间之关系。国际间之相互依赖，今既已如此普遍承认，吾人岂不能亦谓一切国家应成为一集合体之分子乎?

吾中、美两大民族间一百六十年来之传统友谊，从未染有误会之污痕，此在世界历史中，诚无出其右者。

余亦能确告诸君，吾人渴望并准备与诸君及其他民族合作，共同奠定一种真实与持久之基础，以建设一合理而进步之世界社会，使任何恣肆骄狂或劫掠成性之邻国，不复能使后世之人，再遭流血之惨剧。中国虽明知人力一项，乃一国之真正富源，并需累代之久始能成长，然中国在其反侵略战争中，从未计及其在人力方面所受之损失。中国对于其本身所负之各种责任，深切明了；对于如何而可在原则方面妥协让步以获得种种权益，则从未顾及。中国对于其本身，对于其所珍爱尊重之一切，亦决不稍降品格，而循商场中市侩之行径。

我中国国民，正与诸君相同，不仅为吾人本身，且更为人类全体，希望有一较佳之世界；实则必须有此较佳之世界。然仅宣布吾人之理想，甚或确信吾人具有此种理想，尚嫌不足。盖欲保存、支撑，并维持此等理想，有时必须不惜牺牲一切，甚至甘冒失败之危险，以努力促其实现。吾人已故领袖孙逸仙博士[①]所示之训范，已给予吾国人民奋斗前进之毅力。我中国人民根据五年又半之经验，确信光明正大之甘冒失败，较诸卑鄙可耻之接受失败，更为明智。吾人将有一项信念，即在订立和议之时，美国以及其他英勇之盟友，将不致为一时种种权宜理由所迷惑。

个人之品德，于困厄中验之，亦于成功中验之。以言一国之精神，倍加真确。

①孙中山。

在美国参议院的演说

1943年2月18日

主席、美国参议院诸位参议员、诸位女士、诸位先生：

诸位代表之美国人民，此次对余欢迎之热烈与诚挚，实使余铭感之至。余本不知今日将在参议院对诸君致辞，初以为仅向诸君问好，略说余乐与诸君相晤，并为我国人民向贵国人民致意而已。不意适值来此之前，副总统临时表示，希望余能向诸君略致数语。

余本非善于临时致辞之演说家，其实余并非演说家；然余亦非绝无勇气。盖数日前，余在海德公园（Hyde Park）时，曾参

宋美龄在访美国期间留影

1943年6月，宋美龄接受加拿大红十字会主席道兹赠给中国难童的10万加元支票

1943年6月，宋美龄访问加拿大期间与荷兰女王威廉明娜及女儿朱丽安娜公主晤谈

观总统之图书室，其中所见，于余有所鼓励，使余感觉诸君对于余之临时发言，或不至期望过奢。诸君试思余在该处所见者，究为何物？余所见之物颇多，其最令余发生兴趣者，即玻璃橱内有总统一篇演词之初稿，第二次稿，直至第六次稿。昨日偶与总统提及此事，谓知名而公认为优良之演说家如阁下者，其演说草稿之次数，尚须如此之多，殊使余有以自慰。总统答称，彼演说词草稿有多至十二次者。准此而论，余今日在此临时发言，诸君当能谅我。

贵我两国之传统友谊，有一百六十年之历史，余感觉贵我两民族所具相似之点甚多；余并相信具此感觉者，不仅余一人。此种相似之点，即为吾人友谊之基础。

今欲为诸君述一小故事，以表明是项信念。当杜立特将军（James Harold Doolittle）[①]率队轰炸东京归来时，贵国之壮士有不得不跳伞降落我国内地者。其中一人事后告余，彼不得不自机上跳伞而下，及降落中国陆地，即见民众向彼奔趋，彼乃扬臂高呼其所仅知之中国语曰："美国，美国！"若就其字面解释，即为美丽之国。该壮士言：中国民众当时高声欢笑，几欲与余拥抱，欢迎状态，有如重睹其久已失踪之昆仲[②]然。彼复告余，彼见我国民众不啻见其家人；而彼之来华，此尚系第一次。

余在幼时曾来贵国，认识贵国人民，并曾与之相处。余在贵国度过余身心长育之时期。余操诸君之语言，不但操诸君内心之语言，且操诸君口头之语言。故今兹来此，亦有如见家人之感。

然余相信有如见家人之感者，非余一人而已。余感觉中国人民倘能操诸君之语言，向诸君致词，或诸君倘能了解吾国之语言[③]，则彼等当告诸君曰：吾人在基本原则上实为同一目的而作战，吾人具有相同理想，而贵国总统，向世界所宣告之四大自由，已遍传于吾广大国土，而成为自由之钟声，联合国自由之钟声，同时亦即成为侵略者之丧音。

①第二次世界大战中部队空袭日本本土，史称杜立特空袭，空袭东京。
②称呼别人兄弟的敬词。昆为哥哥，仲为弟弟。
③1941年，美国总统富兰克林·罗斯福在国会大厦发表演讲，提出"言论自由、信仰自由、免于贫困及免于恐惧的自由"。

在美华侨组织欢迎宋美龄

余向诸君保证，我国人民切愿与诸君合作，以实现此种共同理想；盖吾人确欲求其勿成空言而成为吾人本身、吾人之子子孙孙，以及全人类所能享受之具体现实。

然此种理想果将如何实现耶？余可向诸君述一适所忆及之小故事。诸君知中国为一极古老之国家，具有五千年之历史，当吾人不得不退出汉口，撤至内地继续抵抗侵略时，委员长与余曾道经长沙战区某前方。一日余等至衡山，山中有两千年前所建磨镜台之古迹。诸君闻此磨镜台之历史，或感兴趣。

两千年前，此地附近有一古庙，有一小沙弥，辄至此地，终日盘坐，合手祈祷，口念“阿弥陀佛”“阿弥陀佛”“阿弥陀佛”，日复一日，期得福祉。

同时庙中住持以一砖在石上磨琢不息，日复一日，周复一周。小沙弥有时举首四顾，以窥住持之所为，但年老之住持依然进行其磨砖工作如故。一日，小沙弥问曰：“住持师父，以砖磨石，究何为乎？”住持答曰：“余欲磨砖成镜。”小沙弥曰：“住持师父，磨砖成镜不可能也。”住持曰：“诚然。此与汝日复一日，自朝至暮无所事事，只知诵‘阿弥陀佛’，以祈福祉者，同为不可能之事也。”

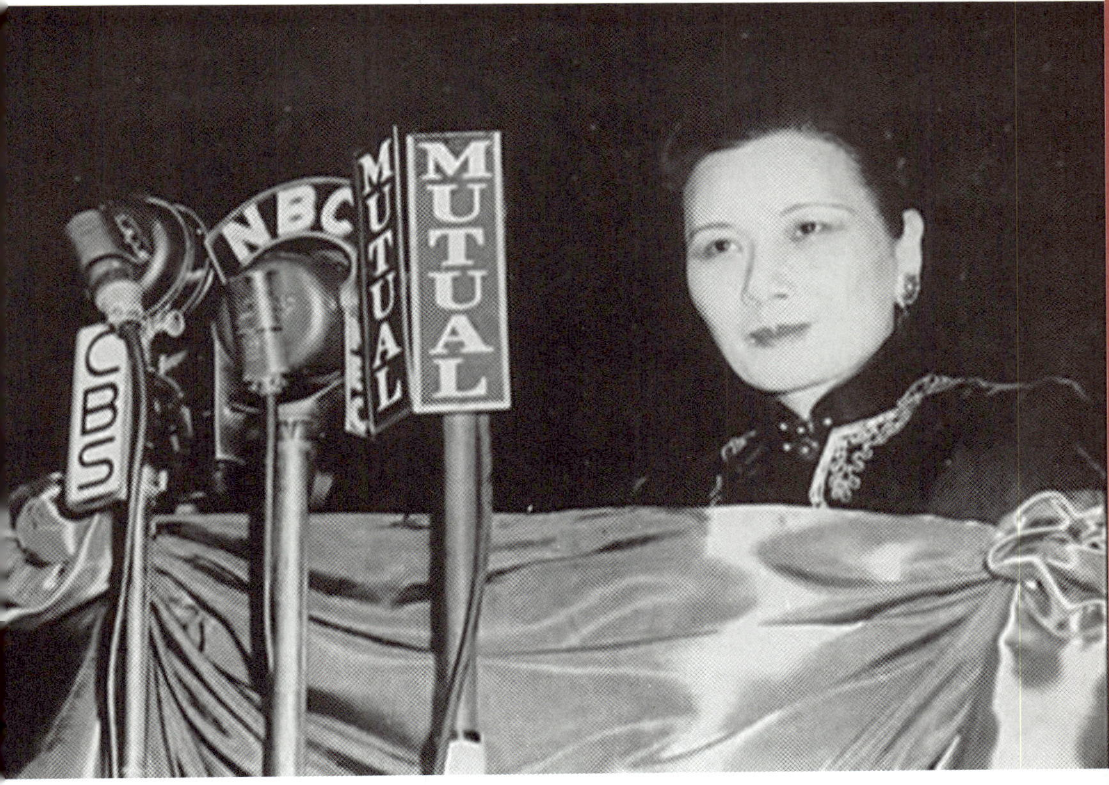

在美演讲时的宋美龄

诸位友人，余因此感觉吾人不但应有理想，并应宣布此种理想，而且应以行动实现此种理想。

余今日对贵参议院诸位参议员，以及对旁听席上诸位女士与先生，愿更进一言：吾人之诸领袖，倘无吾人全体积极协助，不能实现此种共同理想。此磨镜台故事之教训，乃诸君与余所宜深切领会者也。

兹向诸君表示谢意。

宋氏三姐妹视察战时的重庆保育院

第八章
心怀挚爱　天伦之乐

可是女子解放真正的意义，并不是只求得女界少数人得到政治上和经济上的地位，乃是要解放大多数妇女的痛苦，改善大多数女同胞的生活，从教育和组织着手，来增进妇女的能力。

宋美龄是优雅称职的妻子，却从来没有真正成为母亲。她是很多战争孤儿的养母，也自甥侄辈乃至孙辈那儿找到慰藉，并且非常乐于和孩子们打成一片。蒋家第四代——孙子蒋友柏的英文名Demos，就是宋美龄亲自给取的，出自希腊文，意为“人民”。

抗战时期，宋美龄看望孤儿

宋美龄与蒋介石看望遗族学校学生

宋美龄视察南川学校的孩子们

曾由宋美龄一手经营起来的“国民革命军遗族学校”毕业的学生，后来都已是白发苍苍的老人，他们从未忘记宋美龄，当学校校庆或是宋美龄生日的时候，这些已至耄耋的学生都会齐聚宋美龄纽约的宅邸，他们称呼宋美龄“妈妈”。也唯有此时，才可以体会到宋美龄的慈晖放射的力量，尽管她没有亲生子女，但这些遗族学校的学生正是她奋斗一生最可贵的收获。

在宋美龄的葬礼上，已过花甲之年的遗孤们结伴而来，深深地鞠躬，向她致以最后的敬意。

宋美龄在庐山牯岭官邸向儿童分发食品

20世纪60年代，蒋氏家族在台北士林官邸的林园春游，留下这张全家福

1957年12月，宋美龄参观托儿所

20世纪60年代，祖母宋美龄逗弄孙女蒋孝章

1953年12月25日，宋美龄与两个孙子孝武、孝勇合影

1968年12月21日，宋美龄来到自己创办的华兴小学向儿童祝福圣诞

1961年9月1日，蒋介石与宋美龄同家人在家中弈棋

母亲节献辞（节选）

1938年5月

举国之慈母身受战祸，又复目睹其子若女之流离颠沛，其精神之痛苦盖可想见。我国古时，特重母教，千百年来之先哲及名将，大都为贤母之所作育而成，若孟轲、欧阳修、范仲淹、岳飞其尤著者也。此数人者，其母氏皆早寡孤苦，竭尽一生之劬劳教诲，终使其子成为民族之伟人。孟母因欲完成孟子之人格，深知环境习俗之足以移人，故不惜三迁其居以求近仁。欧阳修及范仲淹皆为宋代名相，欧阳文忠公幼时，其母无力为子购纸笔，乃以荻枝画沙作字以教子，即后世所谓画荻教子是也。范文正亦幼淑母教，少时怀抱，即在先天下之忧而忧，后天下之乐而乐，及掌朝政，政绩卓然，今日三尺童子，皆知画粥断虀之故事，则范母当时之以勤苦刻励教子可知。岳武穆之母，更为我民族共仰之贤母，一生教其子效忠于国，针刺子背作精忠报国四字，此为何等精神，直足感动千古。中国历史上此等贤母，实不胜其列举，今日抗战中为国效命之忠勇将士，殆无不受其母氏之熏陶与鼓励者也。

余今更举一现代之模范母亲，以荏弱之身，奋百折不回之精神，以从事于救国运动，其人即赵母是也。赵母现不断往来各地，为华北之义勇军取联络，并为彼等募集捐款，彼不仅以自身整个之心灵，从事于保卫国家之工作，同时并将其所有之子女贡献于国。某日与余相见，谓彼阖家皆誓为国家不断工作，以求最后之胜利，任何牺牲皆所不惜。并谓彼家诸人已互为约定，设不幸有人为国而丧其生，后死者绝不作儿女态而洒一滴泪。彼今已罄其所有献诸国家，其以身作则，为全国树以身许国之模范，实使我人钦佩不置。吾人特举赵母为例，深知全国慈母之具报国热忱者，正不乏其人，民族前途，实有无穷之希望。

蒋介石夫妇、蒋经国夫妇带领孩子们出游

宋美龄与继子蒋纬国合影

盖中国无量数之慈母，实已下决心，宁视其子战死沙场，而不愿其子孙为日本侵略者之奴隶。中华民族从来之伟大，既受惠于此无量数慈母之作育，中国民族将来之无穷进步，亦大有赖于此等慈母之薰陶。由吾上文所举之诸母言之，实足以见中国母性之特点，彼等有超特之人生观念，能安心忍受一切之现状，而植希望之光辉于其上，能运用其困厄生涯中之一切，以济任何之艰危与穷乏，能坚苦卓绝而不屈服于困难，能秉持非常之果毅与勇气，以战胜任何之困厄，而实现其衷心之所祈与所信，更蓄有不可思议之潜在力量，埋头忍苦，百折不挠以完成其任务。《诗经》之叹美母亲，有云：“母氏劳苦，”有云：“鬻子之闵斯，”有云：“母氏圣善。”总之，中国母性之伟大，实普遍于

蒋氏夫妇与蒋经国

全国，凡为中国人民之母亲，无不具有此等优点，不过或多或少，程度之差而已。

吾人对于慈母深恩，均负有莫报万一之感念，大多数之母亲纵未必皆著闻当时，垂名青史，然吾民族道德所有之优点，实皆集大成于中国无量数之母亲，则可断言矣。更有若干慈母已舍我人而长逝，但我人心中仍留有永不磨灭之记忆，彼等为吾人所受无穷之困苦，对吾人保护爱抚之尽致，皆历历如在目前。今日为举世共庆之母亲节，故余特提示全国之人，愿一致感谢母亲，纪念母亲，一致求所以报答母亲之道。不论吾人之母亲现尚存在，或已辞世，吾人皆当努力奋发，勿贻母氏之羞，吾人当时时体念彼等之聪明慈祥，以及彼等之坚忍勇毅，而致吾人无上诚挚之敬意。

致美国的小朋友们（节选）

1939年2月18日于重庆

亲爱的小朋友们：

我现在要对所有你们正想援助我们中华民国受苦的难童的小朋友们，讲一讲我们中国的实在情形。

1943年6月21日，宋美龄接受美国少女营火团为中国孤儿的捐款和捐献的纪念品

抗战胜利后，宋美龄在庐山官邸招待中外儿童

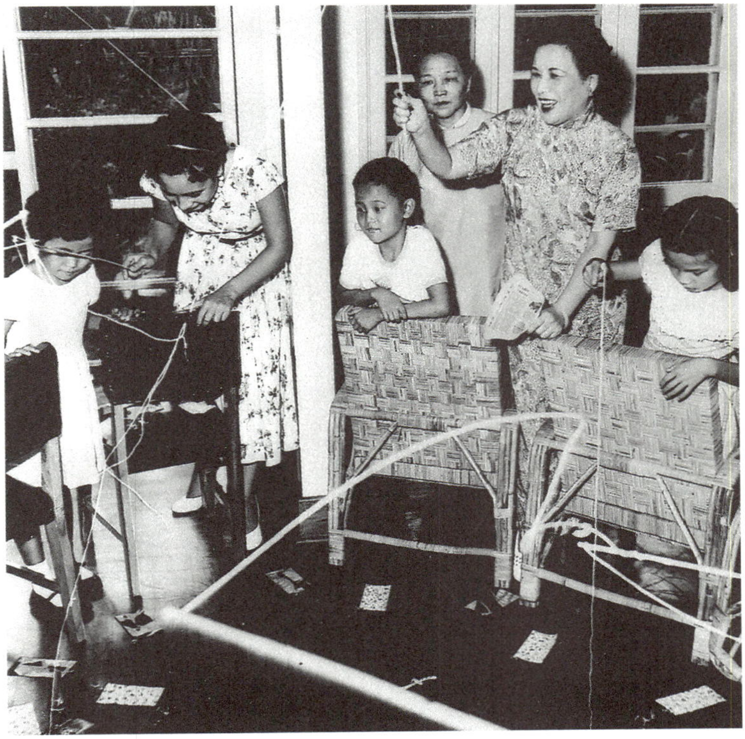

宋美龄参加妇联会的活动，和孩子们开心地玩游戏

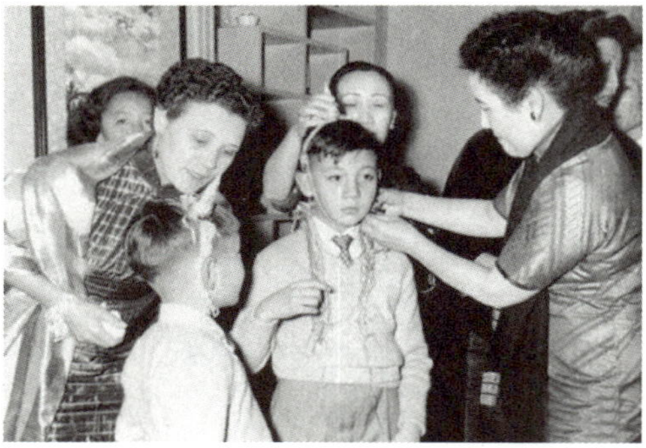

●20世纪50年代，宋美龄和蒋方良分别帮蒋孝武和蒋孝勇打扮，兄弟俩有着快乐的童年

你们看得见吗？有些小得还不会走路，有的被放置在木造的小桶里面，我们叫作“立桶”，意思就是婴儿所站立的桶。还有那些歪歪倒倒刚学走路的小朋友，他们喜欢随意乱跑，就像你们小时一样。你们会问：“那竖立在他们头上的三个东西是什么？”这的确是有趣的，不是吗？这叫作“小辫子”，可是你们却称之为小猪尾，殊不知猪尾是下垂的，辫子是向上竖立的。你看见那辫子是用红绳缠着的吗？红绳表示好运道，并可使辫子竖起来。但这小辫子很快就要剃掉的，我相信那些小姑娘会觉得运气更好。

你看见那些较大的孩子跳绳或追夺足球吗？是的，他们所玩的游戏就和你们一样。你们再看，他们还有的在玩石弹，有的正站在高跷上很是开心。这种高跷都是他们自己做的；他们是模仿中国古代的高跷舞蹈哩。踏高跷是非常有趣的游戏，你们曾经玩过吗？

风筝也是中国最多的。各色各式的风筝，孤儿们玩起来最开心。所有的中国孩子们也都是一样；假如你们在这里，那么你们也会得到同样的快乐的。

但是你们在你们本国是看不到这种风筝的，同时你们也梦想不到的。有的风筝比玩它的孩子大上两倍，所以年龄较小的孩子常用两只手拼死地拉着绳索，我还曾经看见一个孩子扶着另一个放风筝的孩子，恐怕他被风带到天空去。

你们听了会笑吗？这是没有什么可笑的。你们知道在风筝节所玩的风筝，有的厉害得任何一个人都没法玩。这种风筝之大，有时需要几个人的气力才能把它放到空中去。我知道你们听了是几乎不相信的；但假如你们碰见了中国——尤其是福州的人，他们定会告诉你这一切的。

我们在中国也不是任何时期都放风筝的，而是有特别的季节。比方耕种的季节，纸鸢就可用来骇走那些害鸟。每个人所盼望的大季节，是在九月间。重九节那天，几乎满天都是风筝。

这个节日，我们中国叫作“重阳节”。任何人假如是没有事，都会走到高地带去远望，这叫作“登高”。这是中国的旧俗。说来话长。假如我只简单告诉你们这是一个放各色各式风筝最好的季节，我想你们也会满足了。

在这个节日到来的时候，无论是城郊的男孩子、女孩子或甚至成人，只要是看看天空，都会高兴地望着发怔。满天好像都是活活的怪物，例如恶眼的巨龙、身上高低不平的毛虫、爬行的蜈蚣、庞大的老鹰、斑纹美丽的雀鸟、小鲸鱼一样大的金鱼……啊！多得不得了，还有飞机、快船、汽车等等。

在这本小册子的里封面，你们可以看见一幅中国小朋友们放风筝的图画，这和你们所熟知的风筝是一样的。但是我们中国小朋友们所放的风筝很多都是和你们所玩的不同。它们都是花花绿绿各色各式的鸟兽，充分代表东方的色彩。

在下面一页，你们可以看得见小孩子们在燃放鞭炮。这又是中国贡献于世界的另一个游戏上的发明。中国每年有很多的鞭炮运往其他各国，以供各种庆祝之用。

鞭炮有几种用途。一方面是欢迎节日，同时也是驱除邪魔。不过燃放的时候，总是要发生令人头痛的大声音的；可是我们现在的法律已经在设法加以限制了。我知道你们会以为取缔燃放鞭炮的法律是不对的；但是假如你们住在墨守旧习的中国大都会附近，我想你们会改变这个想法的。

宋美龄与蒋经国弈棋，蒋经国的妻子方良与弟弟纬国观战

继子蒋经国服侍宋美龄穿衣

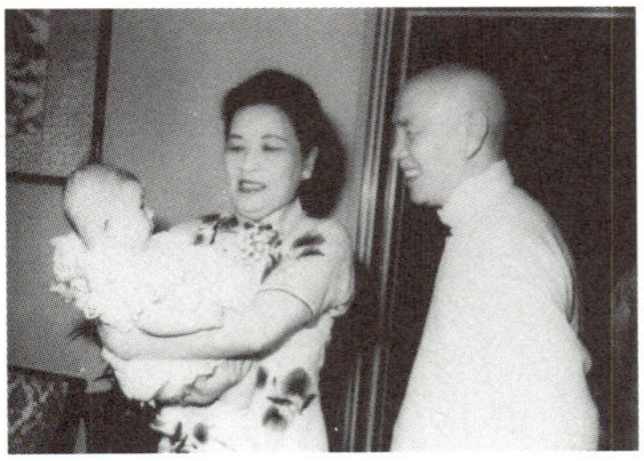

宋美龄怀抱曾孙女蒋友梅

燃放一个星期的鞭炮，这不是开玩笑的事。为什么，这不是和战争一样吗？同时这又提醒我：为什么不用鞭炮去打仗呢？那个声音最大的一边不是就可称为胜利者吗？

假定如是，那么鞭炮的生意也许会发达起来，同时更好的是，没有人会受伤害。自然也会没有孤儿，没有残废，没有集体屠杀，没有暴行，也没有家庭被人毁灭。

是的，我知道外国有很多人玩鞭炮受到伤害，但是如果他们小心点那就不会了。然而在战争当中，就如同我们现在所遭受的一样，无论老百姓怎样小心，总还是难免有很多人遭杀害，或蒙受重伤，或变成无家可归的。我知道你们也一定因了放鞭炮的好玩，会赞成以鞭炮来代替战争，藉以解决纠纷的。

好罢。等到你们长大了，我也希望你们下一个决心来反对战争。假如你们不能做到，那么我就要希望你们能使你们的国家尽量强盛起来。你们知道目前中国乃至世界一般的情形吗？一个国家的力量太薄弱而为另一个强国所压倒，那几乎是一种不可原谅的罪过哩！

那些女孩子在干些什么？哦！她们是在踢毽子，毽子用中国的古钱做的。原来古钱的中间有一个方洞，把鸡毛插在洞里，便成毽子了。在他们祖父的时代人们常用绳子串着小钱，带在身边，“一串钱”有一定的数目，也就是有一定的价值，现在插上了鸡毛，很像你们玩的羽毛球。

天一黑，孩子们便上床去了。是的，你假使能够想象的话，你就可以看见这些小朋友，都住在那些山坡上的草屋里。这些草屋，一部分做课堂，一部分是宿舍，那间大的便是食堂。那些小园子是孩子们自己种植自己整理的，菜圃也是这样。附近那些山坡上一层一层是稻田，田岸边都镶着绿油油的一行开了紫花的豆苗。它们在冬天开花，像屋子旁边的那些梅树一样。梅花有红的、淡红的、白的。不是很美丽吗？那是我国的国花。

夜，在孩子们是一天中最坏的时间。因为白天他们又要读书，又要游玩，小小眼儿忙得把以前经历的可怕景象完全忘记了。夜的阴影又勾起了他们的记忆来，又重复回到了那样恐怖境界里，想起了他们的爸爸、他们的妈妈和永远不能再见的家庭，于是就呜咽哭泣。这一万八千名西迁的小朋友，他们都是这样怪可怜的。

我听见你们在问，这些孩子从什么地方来的呢？为什么白天玩得那样高兴，晚上却在寝室里这样的悲哀？他们的家呢？他们的爸爸和妈妈呢？

唉！说起来真伤心。这一万八千名小朋友，还有无数像他们这样的孩子，他们都没有家了。他们的爸爸和妈妈，像我们中国俗语所说，都已经乘风归天，永远长眠了。还有许许多多小孩

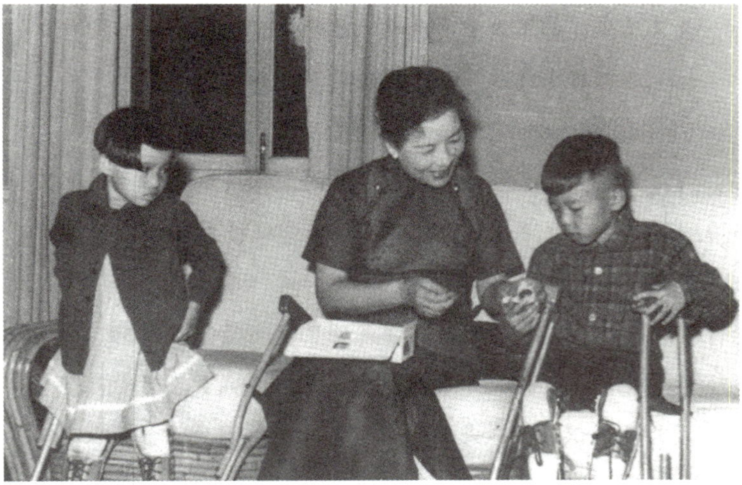

宋美龄与两名患小儿麻痹症的儿童

子，也在这次战争的恐怖中间牺牲了，闭着他们的小眼睛，也是乘风归天，一去不回来了。

这里所聚集的小朋友都是孤儿！日本军队在我国广大的区域里，残害我们无辜的同胞，焚烧我们民众的家室，于是造成了无数难童。这里只是得救的一小部分罢了，他们都是从遥远地我国东部救出来的。

在他们的故乡，日本轰炸机隆隆地飞过，丢下了无数的炸弹，把他们的房屋、他们的店铺完全炸毁，当轰炸时发出来的大响声，你是从来没有听见过的，这声响的响，任凭你怎样胆大，都会把你吓慌了的。跟着这大响声和各种飞舞起来的爆炸碎片，又升起了烈火的怒焰，把邻近东西都卷了进去，空中充满着一股一股浓烟，于是接二连三的延烧过去，没有给炸弹炸毁的屋子也都烧掉了。

你们无论怎样都想象不出这种燃烧是何等厉害，也从不会听见过这种爆炸声响、见过这种毁灭景象，连在电影里也都没有见过。我们在电影里所见的打仗，那算得什么呢？这不是我随便说的，因为我瞧见过电影里的打仗场面，我也看见过这里陆战与空战的实际情形，而且经过了多次的空袭。这些孩子都有这经验，他们就是其中的牺牲者。他们没有给杀掉，给烧死或受到重伤，真有些不可思议。天啊！他们多么幸运啊！他们的没有死掉，就因为听见日本飞机飞来的时候，就拼命逃走，听见炸弹嘘嘘地掉下来的时候，就往沟里、洞里，尽可能的躲起来，可是那轰隆轰隆轰隆惊天动地的炸弹爆裂声，怎样地惊吓和震动了他们的心啊！

飞机的声音过去之后，这些可怜的孩子就爬了出来，吓得牙齿震颤，身体发抖，看看周围已经完全换了样子，处处是烟和火，塌掉了的墙壁，粉碎的瓦片——我希望你们永远不会看到这种景象。他们的心，恐怖与苦痛得卜卜[①]乱跳，简直惊惶得要发疯了。他们这种惊恐失措的样子，我已看到许多次了。没有了家，没有了妈妈，没有爸爸，只看见燃烧的火焰，奔来奔去的人，大家在叫喊，在挣扎，在救火，尽可能的在做一切善后工作。

很多孩子是从被日本军队用大炮轰毁了的城市或乡镇上来的。这些日本兵把房子一幢一幢地放火烧焯。还做了许多我所不能形容的恐怖事情，而这些小朋友却亲眼看见的呢。我祈祷着——你们也应当这样祈祷着——你们，你们的妈妈和爸爸，永远不要碰到这样的情景。这些孩子，他们脑子里深深地刻进了这种可怕的残酷印象，所以在夜的黑暗中，就惊恐而哭泣了。

①扑扑。

他们的家被烧毁了，被炸掉了，他们的父母被杀了之后，这些孩子就三三两两或单独地失散了，他们不知怎样才好。他们有什么办法呢？谁会去告诉他们！大人们照顾自己、照顾家属和财物还来不及呢。这些可怜的小朋友在很危险的时候逃出了死亡，就只好拼命到各处流浪，他们哭着喊着“妈妈，妈妈”，或是“我要我的爸爸”，并且希望能找到他们。

这些孤儿，到相当时间，自然都会安定下来。我们竭力使他们忘记以前的患难，和失去了父母的悲哀。我们说：“现在这是你的家了。”“你们可以快乐吗？”他们答道：“快乐的，可是我要我的妈妈。”我们没法子把他们的妈妈找来，心里当然很难过。我们教育他们成为良好而听话的孩子，希望他们长大起来成为好的国民，做一些有价值的工作来帮助自己，并帮助国家。

不幸战区里正有无数的难童源源而来。一天一天地，他们像潮水似的经过了万山重叠的道路流到这里。幸而中国、美国、英国以及其他国家的慈善家踊跃捐钱来教养他们。若不是这样呢，其中大半早已倒毙道旁，或是成了田野的饿莩了，因为得了救，于是有各种玩具，共同的游戏，有趣的课程，给他们生命中带进了欢愉的情绪。将来，其中一定有些会到美国大学来读书的。

但是当你听到日本军阀扬言着轰炸或占领更多中国城市的时候，你就可以推想到又有无数的儿童乘风登天，或失去了父母而孤苦无依，他们只有靠着全世界慈善家的仁爱与援助，方可免于冻饿。

我谨代表难童，为了你们一切的帮助而祝福你们。

20世纪50年代的宋美龄

第九章
永别故土的老人

我们便这样一天天地写下自己的命运，因为我们做了什么，便必然成了什么，我相信这是最高的逻辑，而且是生命的法则。

我很难接受"总统"已经去世这个事实……数百万民众一夜之间走出家门，坐公交车、脚踏车、摩托车或自用车，从各地前来向"总统"致敬，或哭、或跪，悲痛万分……由于他们的伤痛，我自己的伤痛反而不重要了。我的心奔向他们，这些我必须像以往努力服务的人们……前往慈湖的路上约有两百万人夹道相送，有些地方挤了十行的民众……除非你亲眼目睹，我很难向你形容。

余与"总统"相守相勉，每日早晚"总统"偕余并肩祷告、读经、默思；现在独树一幅笑容之遗照，闭目作静祷，室内沉寂，耳际如闻声欬，余感觉伊乃健在，并随时在我身边。

我是六十四还是六十七，又关你什么事？你判断一个人的年龄不是以日历来算，而是他活得有没有意义，有没有意愿服务世界。

上帝让我活着，我不敢轻易去死，上帝让我去死，我决不苟且地活着。

1945年抗战胜利后，宋美龄陪蒋介石巡视台湾

1946年10月，蒋介石与宋美龄赴台湾视察，在机场接受献花

1948年5月20日，蒋介石就任总统后，与宋美龄在中山陵谒陵

上帝为什么让我活这么久呢？

尽管这些年我居住在国外，但是我的喜悦忧愁都和岛内局势紧紧连在一起，就好像我人在这里一样。

1948年5月，宋美龄前往中山陵

1949年，尽失人心的国民党退守台湾。蒋介石和宋美龄夫妻在台湾度过了四分之一世纪的岁月。随着时间的流逝，蒋介石心中重返大陆的愿望也越来越渺茫，这对夫妻在台湾这座小岛上度过了相对来说静谧和融洽的时光。

1975年9月，蒋介石去世后五个月，宋美龄带了自己的助理和护士飞往美国。继子蒋经国搀扶着她，把她送上飞机。

此后，宋美龄一直居住在纽约，期间她曾回过几次台湾，却再未踏足大陆一步。姐姐宋庆龄病危时曾希望能再见她一面，但这场姐妹相聚终未能成行。

在蒋介石过世以及蒋经国过世的时候，台湾岛内曾传出宋美龄要当主席的谣言，对于这种说法，宋美龄总是一笑了之，她常引用《圣经》上的话说："我要打的仗已经打过，要走的路已经走过！"

远离故土的宋美龄一直萦怀两岸关系，坚决反对"台独"。

2003年10月23日晚上11时许，宋美龄安静地在家中与世长辞，带走了整整一个多世纪的美丽与传奇。

1948年6月，蒋介石偕宋美龄往江苏宜兴祭祖

1949年3月7日，蒋经国陪侍蒋介石、宋美龄祭祀祖母蒋太夫人之墓

1949年1月，宋美龄陪蒋介石回到浙江奉化溪口

1949年4月，蒋介石率领全家祭奠在溪口的祖坟，旋即离开大陆，前往台湾，此后宋美龄再没有踏足大陆一步

1950年，蒋介石在台湾“复任”，宋美龄陪一侧

宋美龄与两孙儿

蒋介石在台北家中看宋美龄作画

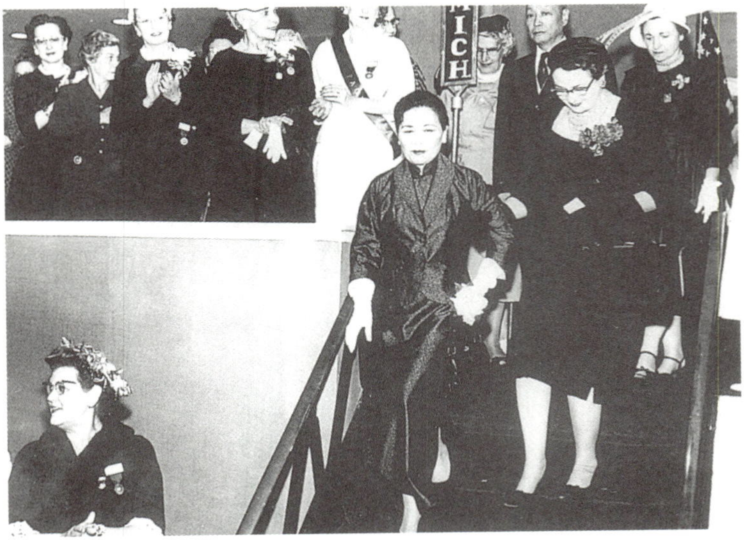

1958年9月13日，宋美龄访问美国

1958年，宋美龄访问美国时与艾森豪威尔夫妇合影

宋美龄与蒋介石在官邸院中散步

宋美龄与蒋介石同游公园

宋美龄与蒋介石在公园留影

行为决定人品

1953年9月为美国《这星期》杂志所写

如果过去曾给予我们以任何教训的话，那便是每一个因必有其果，每一项行动都有其后果。我认为这是宇宙的精神基础，它对于现在以及未来的世界都同等适用。我们中国人有一句话“种瓜得瓜，种豆得豆”，这句话对于每一个人的一生都是正确的，种好因得好果，种恶因得恶果。

我们到了最后，仍是我们所有行动的总和。本性是不能作假的，也不能像衣服一样随便穿上脱下，以满足一时的奇想。本性正如深入树心的树纹一样，是需要时间与养育来使之成长与发展的。

我们便这样一天天地写下自己的命运，因为我们做了什么，便必然成了什么，我相信这是最高的逻辑，而且是生命的法则。

宋美龄与蒋介石在家中

宋美龄与蒋介石在台北家中

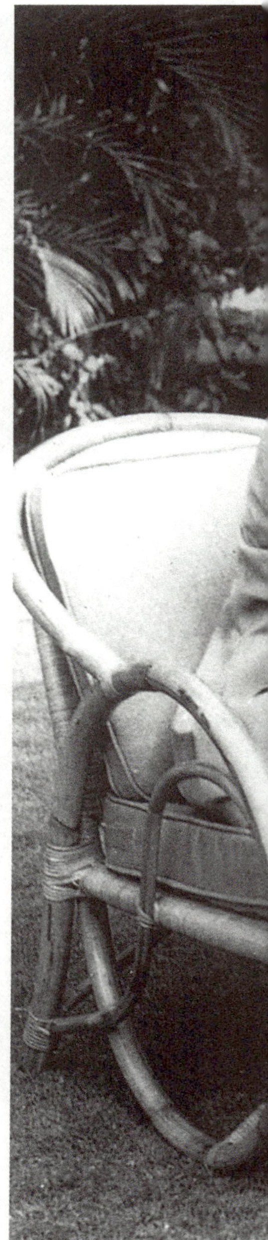

宋美龄与蒋介石在庭院中读书

蒋经国搀扶着宋美龄向蒋介石告别

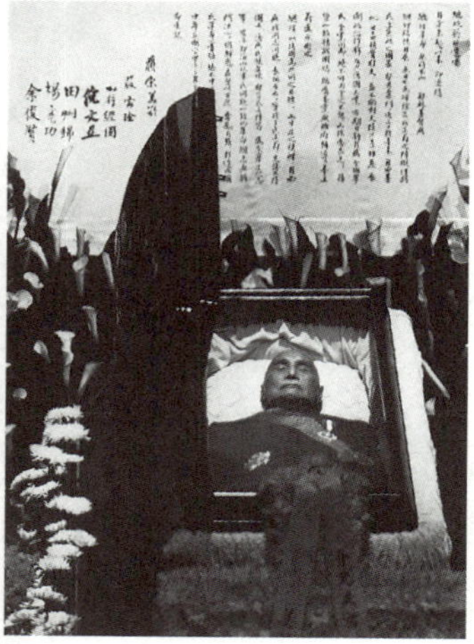

1975年4月5日下午1时10分，蒋介石安灵礼在慈湖宾馆举行

1976年4月3日，宋美龄自美国返台，参加蒋介石去世周年纪念活动

在美国国会致敬酒会上的演说

1995年7月26日

杜尔参议员、赛门参议员、各位女士、各位先生：

首先我要表达我的欣喜心情，因为诸位还能记得战时盟友中国的一位老朋友。

1943年2月18日，我应美国国会之邀，向参、众两院发表演说。当时我曾说，我年少即负笈美国，在美国成长，并在美国完成了大学学业，因此，我一直把美国视为我的第二故乡，今天能够回家，自是非常欣喜。

容我提请诸位回想1937年至1945年那段岁月，1937年7月7日，日本对中国发动全面战争。而在日本全面侵略中国的前四年半里，中国孤立无援地独立抗战。一直到日本于1941年12月7日发动珍珠港事变，美国第77届国会对日本宣战后，中美两国才结为盟邦。两国的同心协力，奠定了第二次世界大战终在1945年获得最后胜利的坚实基础。

宋美龄在美国的家中，后右为郝柏村[①]

宋美龄在美国的家中

晚年的宋美龄

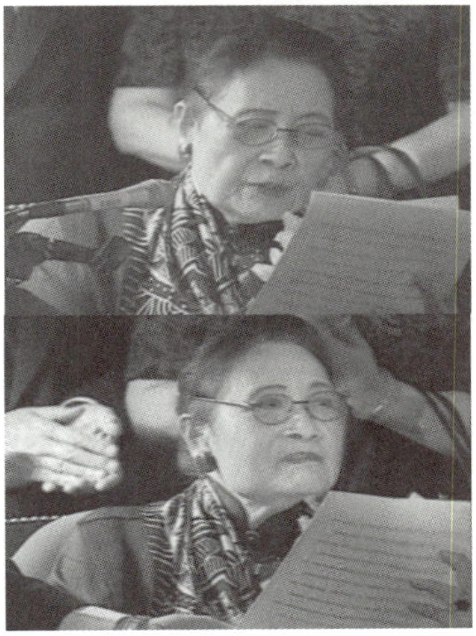

在我与诸位共同纪念第二次世界大战结束50周年的此一伟大历史性时刻，我无法不想到那次战争的悲剧以及那些血泪交织的岁月，更无法忘怀中美两国人民并肩作战的道德勇气。我也要藉此机会，对美国人民以精神及物质援助我的国家，表达衷心感谢。

最后，我祝福各位健康、快乐及成功。愿上帝保佑诸位。

①郝柏村（1919－），曾任台湾“行政院长”。

晚年定居美国的宋美龄

宋美龄在纽约寓所

TIME
The Weekly Newsmagazine
Volume XVIII
PRESIDENT OF CHINA & WIFE
Number 17

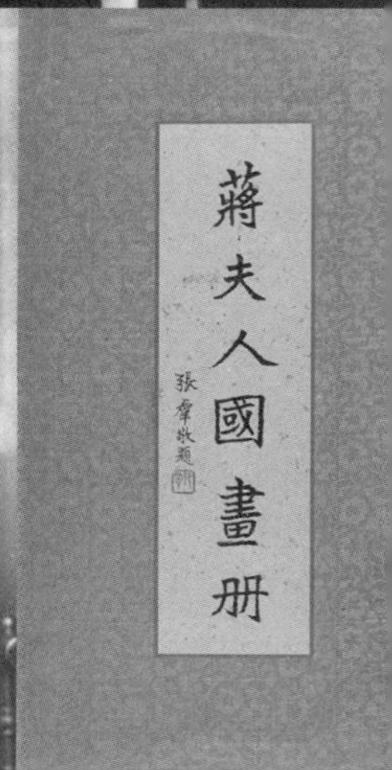
蔣夫人國畫册

TIME
THE WEEKLY NEWSMAGAZINE
MADAME CHIANG

SURRENDER

TIME
The Weekly Newsmagazine
MAN & WIFE OF THE YEAR
Volume XXXI

第十章
众说纷纭的传奇缔造者

The only thing oriental about me is my face.

（我唯一还算属于东方的就是我的面孔。）

我们全由上帝创造，但蒋夫人是造物主的杰作。

——服务蒋家四十年的周联华牧师

2003年，美国《时代》周刊以《钢铁塑成的花朵》（*A Flower Made of Steel*）形容过世的蒋宋美龄女士。周刊指出，蒋宋美龄生前深受国际媒体重视，她和蒋介石分别或同时登上《时代》周刊封面多达十一次，其中她单独出现三次。另外，《时代》周刊还多次登出对她的专访。

《华盛顿邮报》曾刊登长篇文章，用很大篇幅叙述了宋美龄女士的一生。文章说，宋美龄是20世纪30至40年代全世界最有权势、最知名而且最有争议性的女性之一，也是那段时间对美国对华政策具有高度影响力的人物。

画画是我这一生所知最费精神的工作。我在画画时，忘掉了世间一切，我真希望我能什么事也不用做，就是画呀画呀画的。

在全世界的艺术中，中国画是独一无二的。因为画与诗融为一体，两者使中国文化更为丰富。

宋美龄选择了绘画，并认真地聘请台湾最知名的黄君璧和郑曼青两位名家来教自己。后来的宋美龄能够用均匀的笔触描绘优雅的花卉,她画的淡墨山水细致得像布鲁塞尔的花边。虽然学的时间不算太长，但卓然有成，画风颇有大家风范。晚年在美国的岁月，除了绘画、写毛笔字等消遣之外，宗教生活是她生活的重心和永恒的精神寄托。

在宋美龄的身后，是横跨三个世纪的是非成败，是曲终人散后依然余音袅袅的毁誉参半，众说纷纭。

宋美龄在台湾家中作画

宋美龄画作

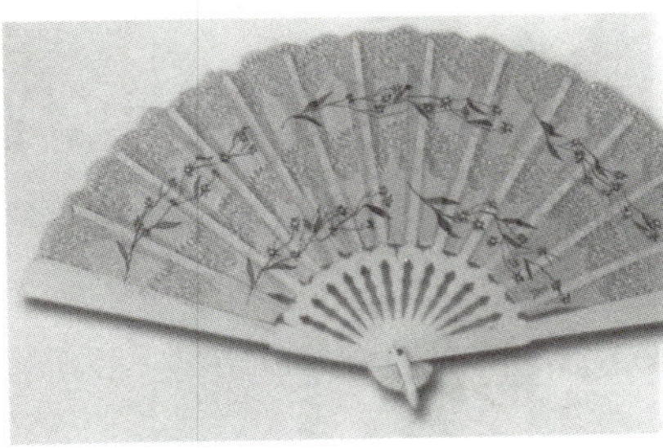

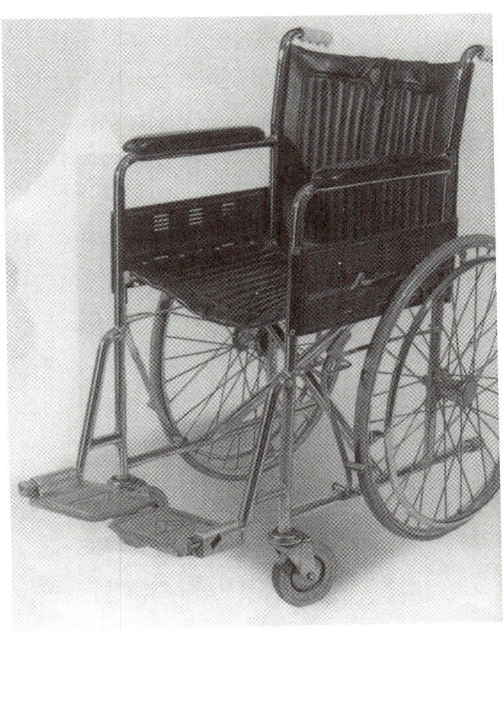

宋美龄遗物

蒋夫人多年来始终是以一种征服人的魅惑与假装对她的谈话对方发生兴趣的方式来应付人——尤其是男人，这已经成为她的第二性格。我怕看她的第一性格发作，说实话，那会吓坏我。

——美国前总统罗斯福的儿子埃利奥特·罗斯福

她被视为一个历史人物，但不再是圣人。

——台北市政府发言人（一九九七年）

美龄有很多倾慕者，这不仅是由于她的美丽，还因为她身边聚集的那团火以及她的真诚。

——图埃尔教授

她宝石般的话语和珍珠般的美丽让人倾倒。

——《生活》杂志记者　弗兰克

她的演讲让我们热血沸腾并且让我们认识到了中国的灵魂。

——共和党女议员

她能冠冕堂皇地谈论民主，却不知道如何实现民主。

——埃莉诺·罗斯福

中国人不信任她，因为她太西化了；西方人不信任她，因为她又太中国化了。

——乔治·卡特利特·马歇尔

我相信，蒋夫人的智慧、说服力和道德力量可以使她成为一个重要的领导人。

——美国前总统　尼克松

回首当年，国难方殷，夫人致力全民抗战，促成国内团结，争取国际援助，弘扬抗日民气，救助难童伤兵，厥功至伟。今夫人年事虽高，犹时时关心国家之强盛，民族之再起，于海峡两岸关系之缓和，亦多所推动。

——邓颖超

蒋夫人对东方可以代表西方，对西方可以代表东方，吾人能有蒋夫人其人，深信双方必能如弟兄手足，真诚合作，达到最后胜利。

——维斯理学院前校长　麦克菲女士

对美国人来说，她是中国贫民的公主，在中国的美国女儿。

——美国作家　西格雷夫

议员们全被夫人的风采、妩媚和才华吸引了，惊愕了，缭乱了。议员们全体起立，热烈鼓掌达四分钟之久以后，蒋夫人开始演讲，她的主题是：战胜日本比战胜德国更重要，美国应当让她的人民去中国战斗，而不应该在太平洋花费那么多的力量。当她说到，经过五年半的抗战，中国人民相信“与其忍辱接受失败，不如光荣地冒失败之险，去争取胜利”时，欢呼的掌声达到了高潮。

——《生活》周刊

蒋夫人除了担任她丈夫的议员，还具有其他意义，一般人认为：一位领袖的妻子系因夫而贵，与个人在历史上的表现无关重要。这种看法，不但忽视一位领袖妻子在幕后所担任的任务，且玷污了领袖妻子所具有的特质与性格。我相信，蒋夫人的智慧、说服力和道德力量，已使她自己成为一位重要的领袖。蒋夫人是一位文明、美丽、整洁、女性化及坚强的女性。

——尼克松《改变亚洲历史的人物》

1924年我在美国维斯理学院留学时，我的美国老师经常自豪地和我说，本校有一位中国学生，即1917年毕业的宋美龄小姐，她非常聪明、漂亮。在我至今为止见过的妇女中，确实从未有过像夫人那样敏锐聪颖的人。她身材苗条、精神饱满，特别是那双澄清的眼睛非常美丽。宋美龄并不是一个政治的符号，一个令人生厌的达官贵妇，而是一个有血有肉的女人，是一个极有中国传统美德又受西方现代文明熏陶、善于交际的夫人。

——冰心《我所见到的蒋夫人》

宋美龄有较高的文化教养。她头后梳一个小发髻，旗袍贴身，大衣适体，穿高跟鞋，在甬道上都是轻步走过，我每次碰到，她总是面带微笑，平易近人，每每不觉得有骄矜盛气，和她谈话不觉得拘谨。她言谈委婉适度，声音从不放重，六年中，我从未见闻过她和蒋有过口角。她和别人谈话，总是只让对方可以听清楚就是，从不大声，颐指气使。

——汪日章

一位乱世美人，以女性的非凡情感，影响了大千世界，值得我们永远品味和思考。

——美国前国务卿　基辛格

蒋宋美龄成了历史上最著名、最有权势的女人之一。她影响了两代美国人，美国人多年来一直把她列为世界上最受欢迎、最受尊敬的十位女性之一。她影响了美国领导人做出的决定，并通过这些决定影响全世界整整三十年。

——美国作家　斯特林·西格雷夫

一位聪明、有头脑的女人。持有西方的观点（我这句话的意思是，她能够理解一个外国人对此做出的反应）。她直爽，坚强，精力充沛，喜欢权力，重名誉，喜奉承，对于她的过去满不在乎。在与外国人打交道时，她从不向西方观点让步。中国人永远是正确的，外国人永远是错误的。文笔引人入胜，但也失于肤浅，对西方的缺陷极尽讽刺，但从来不提中国任何一个微小的缺点。能够随心所欲地施展魅力。她知道该怎么做对蒋介石有很大影响力，主要是好的影响。有几次帮了大忙。

——美国将军　史迪威

蒋夫人是美国人民的亲密中国朋友，我为她的过世感到难过。

——美国前总统　布什

宋美龄绝顶聪明，是“近代中国找不出第二个来”的人物。西安事变之后，我之所以没有被杀，是因为蒋夫人保护了我。

——张学良

宋美龄对于我，永远是一位公主。

——陈纳德

夫人的能力，抵得上20个陆军师。

——蒋介石

图书在版编目（CIP）数据

宋美龄自述 / 宋美龄著；智诚，毕强，肖木编. -- 北京：九州出版社，2018.6

ISBN 978-7-5108-7280-8

Ⅰ. ①宋… Ⅱ. ①宋… ②智… ③毕… ④肖… Ⅲ. ①宋美龄（1897-2003）－自传 Ⅳ. ①K827=7

中国版本图书馆CIP数据核字(2018)第135830号

宋美龄自述

作　　者　宋美龄 口述　智诚 毕强 肖木 编

出版发行　九州出版社

地　　址　北京市西城区阜外大街甲35号(100037)

发行电话　(010)68992190/3/5/6

网　　址　www.jiuzhoupress.com

电子信箱　jiuzhou@jiuzhoupress.com

印　　刷　天津旭丰源印刷有限公司

开　　本　875毫米×1270毫米　16开

印　　张　16.5

字　　数　160千字

版　　次　2018年8月第1版

印　　次　2018年8月第1次印刷

书　　号　ISBN 978-7-5108-7280-8

定　　价　68.00元
